鴨川食堂

2

重現記憶的味道

柏井壽

目次

第一道　海苔便當

海苔弁

北野恭介在京阪本線的七條站下了特急電車後，從地下樓層來到地面上，眺望著鴨川。他從大分搬到大阪已經五年，這是第一次來京都。

他穿了一件白色馬球衫，印了大學名字的深藍色運動袋握把，深深地陷進了從馬球衫袖口露出的手臂，粗壯的脖子上汗水涔涔。鴨川水面反射的陽光，讓他忍不住皺起了眉頭。他單手拿著地圖往西走。

經過河原町通後，恭介把手上的地圖轉來轉去，仔細打量了好幾次，身體也跟著左轉右轉，眼睛忙碌地左看右看，最後納悶地歪著頭。

「不好意思，請問東本願寺要往哪裡走？」他問一個拎著外送餐箱、騎上腳踏車的男人。

「要去東本願寺的話直直走，過了烏丸通後右轉。」男人向西一指，踩著腳踏車的踏板準備離開。

「我想去位在正面通上的食堂。」恭介慌忙追上騎出去的腳踏車問。

「你要去鴨川家嗎？」男人停下來問。

「沒錯、沒錯，就是『鴨川食堂』。」恭介把地圖出示在男人面前。

「如果你要去那裡，就在第三條路右轉，然後到第二條路時再左轉，他們家就在左側第五家。」男人語氣堅定地說完，就騎著腳踏車離開了。

「謝謝。」恭介大聲道謝，對著他的背影四十五度鞠躬。

他掐著手指計算著，過了幾條馬路，最後終於來到了他要找的那家店。兩層樓的水泥房子沒有任何裝飾，也沒有掛招牌，和之前聽說的完全一樣。恭介把手放在胸口，深呼吸了三次。

「午安。」恭介在打開拉門的同時大聲打招呼。
「歡迎光臨。」食堂老闆正在擦桌子，轉過頭招呼他。
沒想到老闆看起來很親切。
「我今天來這裡，是想要尋找『那一味』。」恭介鞠了一躬，說話的聲音也因為緊張變尖了。
「你不必這麼緊張，我不會把你吃掉。請坐請坐。」老闆鴨川流面帶微笑說著，請他在鐵管椅坐下。
「謝謝，打擾了。」恭介鬆了一口氣，但仍然像機器人一樣動作僵硬地在紅色塑膠椅面上坐了下來。
「你要吃飯嗎？肚子餓不餓？」流問。
「有什麼、有什麼東西可以吃嗎？」恭介嘴巴僵硬，說話時差點咬到舌頭。
「既然你來了，在尋找『那一味』之前，當然要先填飽肚子。」流說完這句話，走去廚房。

「你是學生吧？一看就知道參加了活力充沛的運動社團，我猜是劍道或是柔道，對不對？」流的女兒小石穿著黑色牛仔褲和白襯衫，繫著半身圍裙。她為恭介倒冷泡茶時問。

「不太對。」恭介露出調皮的笑容。

「但是，你這身肌肉不是練習武術練出來的嗎？」小石抓住了恭介的上手臂。

「雖不中，亦不遠矣。」恭介喝完杯子裡的冷泡茶，咬著冰塊。

「你在京都讀書嗎？」

「不，我是近畿體育大學的北野恭介，從大阪來這裡。」恭介起身向小石自我介紹。

「我好像在哪裡見過你。」小石仔細打量著恭介的臉。

「可能我是大眾臉吧？」恭介靦腆地露齒笑了起來。

「你怎麼知道我們這裡？」

「我目前住在大學的宿舍，三餐都在宿舍吃。我說起以前吃過的飯，宿舍的廚師大叔就做給我吃。但是，和以前的味道不一樣……。我這麼告訴廚師大叔後，他就告訴我有這個地方，還給我看了《料理春秋》雜誌上的廣告。」

「原來是這樣。」小石仔細擦著桌子。

「年輕人可能會吃不夠吧……。」流把料理放在鋁製托盤上端過來時自言自語著。

「如果你吃不夠，再跟我說。」流把整個托盤都放在桌子上。

「太豐盛了。」恭介興奮地說，看著料理出了神。

「白飯是山形的豔姬米，我為你裝了一大碗。湯是味噌豬肉湯，雖然裡面的食材並非京都蔬菜，但是加了大量的根莖蔬菜。大盤子裡有日式料理，也有西式料理，香炸海鰻夾梅肉和紫蘇葉，還炸了萬願寺辣椒，淋上我做的伍斯特醬汁一起吃。小碗裡裝的是味噌煮鯖魚，旁邊是切成細絲的蘘荷。用京都牛烤的牛肉蘸一點山葵醬油，再用烤過的海苔包著吃會很美味。照燒夏鴨的鴨肉丸，蘸鵪鶉蛋的蛋黃汁吃。涼拌豆腐上面是切絲的海鰻皮，油炸賀茂茄子上面淋了咖哩汁。請慢用。」

恭介聽著流的說明，不停地點頭，舔著嘴唇。

「我們平時的員工餐可沒這麼豐盛，因為難得有年輕男生上門，所以我爸爸卯足了全力。」

「妳廢話少說。」

小石吐了吐舌頭，被流拉著走進了廚房。

雖然恭介剛才聽流的說明時頻頻點頭，但是面對這些從未見過的豐盛菜色，他完全不知道什麼是什麼。他知道海鰻和鯖魚是魚，卻完全無法想像是什麼味道。聽到伍斯特醬汁、烤牛肉和咖哩這些熟悉的字眼鬆了一口氣，但是眼前這些菜餚，和他平時吃的完全不一樣。

他靜靜思考十幾秒後，左手拿起飯碗，用右手裡的筷子夾了鴨肉丸，蘸了小碗裡的鵪鶉蛋黃汁後放在白飯上，一起放進嘴裡。

「太讚了。」他情不自禁叫了起來，然後急切地把筷子伸向炸海鰻、烤牛肉，每次送進嘴裡，就忍不住發出驚嘆。

因為完全沒有可以比較的基準，所以老實說，他並不知道這些料理屬於哪個等級，但是他身體感受到食物的巨大能量，就像是世界頂尖的運動選手所散發出的強大氣場。他覺得自己正在吃超了不起的食物。

「不知道合不合你的胃口。」流拿著裝了冷泡茶的玻璃茶壺，站在恭介身旁問。

「我不知道該怎麼表達，因為找不到適當的詞彙，只知道太好吃了。即使我這種分不出味道好不好吃的木舌，也知道這件事。」

「那就太好了。因為我們廚師都只能一次定勝負，如果客人吃了之後感到不滿意，就沒有下次了。如果覺得好吃，還有第二次機會。」流在為恭介倒茶時說。

恭介在內心一次又一次咀嚼著流說的話。

「等你吃飽了，我帶你去裡面的事務所，我女兒在裡面等你。」

「關於這件事……。」恭介一口氣喝完冷泡茶後繼續說：「我覺得不用了。」

「請問這是怎麼回事？尋找那一味不是你來這裡的目的嗎？」流又為他倒了茶。

「因為我覺得已經吃到這麼美味的料理，其他事都無所謂了……。」

恭介把玩著手上的杯子。

「雖然我不是很瞭解情況，但是你來這裡，不是想要尋找美食嗎？你不是想要尋找一直讓你耿耿於懷的『那一味』嗎？你已經放下『那一味』，內心不再牽掛了嗎？」流問他。

「但是，我想要請你們尋找的『那一味』稱不上是料理，是很寒酸的東西。」恭介頭也不抬地回答。

「雖然我不知道你要找的是什麼食物，但是食物並沒有寒酸或是奢華之分。」流直視著恭介的眼睛說。

恭介專心聽著流說話，用雙手拍了臉頰兩、三次。

「那就拜託你了。」恭介站了起來。

「請跟我來。」流露出微笑，指著後方那道門說。

「這些是？」恭介看著貼在走廊兩側牆壁上的照片問。

「大部分都是我做的料理。」流放慢腳步回答。

「你什麼菜都會做欸。」走在流後方的恭介忙碌地左看右看。

「什麼都會做，就代表做什麼都不精。如果我鎖定某一項精益求精，或許現在已經是圓了摘星夢的廚師了。」流停下腳步，轉頭看著恭介。

「鎖定……某一項嗎？」恭介也停下腳步，看著天花板。

「怎麼了？」流問他。

「沒事。」恭介大步走了起來。

「請坐。」小石已經等在裡面的房間。

「打擾了。」恭介鞠了一躬，在長沙發的正中央坐了下來。

「可以請你簡單填寫一下嗎？」坐在對面的小石遞給他一個板夾。

「委託書嗎？我的字很醜，不知道妳能不能看懂。」恭介拿著原子筆寫了起來，不時歪著頭。

「近體大的北野恭介……。對了，我想起來了。」小石拍著手，大聲說道。

「嚇了我一跳。」恭介驚訝地說。

「你是不是游泳選手？週刊雜誌說你是眾所期待的明日之星。」小石露出興奮的眼神說。

「我才不是什麼明日之星。」恭介露出靦腆的笑容，把手上的板夾交還給小石。

「你不是要參加下一屆奧運嗎？」小石看著委託書的同時問。

「還要看選拔賽的成績。」恭介坐直了身體回答。

「我記得你是從自由式到仰式都難不倒的全能選手。」

「雖然教練希望我能夠專攻某一項。」

「加油。你想要找『哪一味』？」小石抿起了嘴角。

「說出來有點上不了檯面，我想請你們幫我找海苔便當。」恭介微微低著頭小聲回答。

「你說的海苔便當，就是『熱騰騰亭』賣的那種白飯上放海苔，然後再放炸魚、炸竹輪之類菜餚的便當嗎？」

「不，沒有菜餚，就只有白飯上面鋪了海苔而已……。」恭介的聲音更小聲了。

「只有海苔？沒有菜嗎？」小石探出身體。

「對。」恭介縮著高大的身體，用幾乎快聽不到的聲音回答。

「你應該……不是在店裡吃的吧？」小石探頭看著恭介的臉。

「那是我爸做的。」

「原來是你爸爸親手做的。既然這樣，回去問你爸爸不是最簡單嗎？你老家不是在大分縣大分市嗎？並不會很遠啊。」

「我從五年多前，就沒再和我爸聯絡了。」恭介的聲音變得很低沉。

「你也不知道他在哪裡嗎？」

「聽說在島根。」

「島根？為什麼會去島根？」小石瞪大了眼睛。

「我爸有賭癮，我媽也是因為這個原因，才會離開他。他即使生病，也捨不得花錢看醫生，把所有的錢都拿去賭自行車競賽了，最後終於搞壞身體，聽說目前在島根的姑姑家療養。」恭介說話的聲音聽起來很難過。

「你爸爸住在島根，那你媽媽呢？」小石記錄了恭介說明的情況後，抬起頭問。

「我媽改嫁了，目前住在熊本。」

「你媽媽是什麼時候離開你們的？」

「我剛進大分第三中學的第一個暑假，所以差不多是十年前。我媽存了錢，準備全家人一起去旅行，結果被我爸全都拿去賭博了。我妹妹跟著我媽一起離開，但我覺得留下我爸一個人太可憐了……。」

「所以你就留下來和爸爸一起生活。他做什麼工作？」小石翻了一頁筆記本。

「他在大分時，是觀光計程車的司機，但是我想他去賽馬場和自行車競賽場的時間應該更長。」恭介露出了苦笑。

「所以我來整理一下。之前在大分時，在你上國中之前，你們一家四口一起生活。在國一那年暑假，你媽媽和妹妹離開後，你就和爸爸一起生活。你目前住在大阪市，是哪一年離開大分？」

「高二那年夏天，大阪的一家游泳俱樂部向我招手，我就轉學進入近體大的附屬高中，之後就一直住在宿舍。」

「所以你和爸爸一起生活了四年。」小石掐指計算著。

「大分的高中有食堂，午餐幾乎都在食堂吃飯，但是中學三年期間，每天都是我爸做便當給我吃。」

「所以你爸爸有時候會做海苔便當。」

「不是有時候會做海苔便當，而是從頭到尾都是海苔便當。」恭介的嘴角露出了笑容。

「從頭到尾？你是說每一天嗎？」小石目瞪口呆。

「是我不好。我爸第一次幫我做便當時，我稱讚了他，說便當超好吃。

我爸就很得意，說以後每天會做給我吃。」恭介露出一絲難過的表情。

「你爸爸是老實人。」小石嘆了一口氣。

「因為每天、每天都是海苔便當，我同學都笑我，所以我就養成了用便當蓋遮起來，然後用最快速度吃完的習慣。也因為這樣，我不太記得味道，只記得超好吃。」恭介加強語氣。

「因為我只吃過『熱騰騰亭』的海苔便當，所以不是很瞭解，如果沒有配菜的話，真的只有海苔嗎？白飯中夾一層鰹魚鬆……。」小石在筆記本上畫了圖，出示在恭介面前。

「差不多就是這種感覺，但是我爸做的海苔飯有三層。最下面是飯，中間夾醬油味的鰹魚片，最上面是海苔，然後再放一顆很大的酸梅。每天都一樣。」恭介在小石畫的圖上加了酸梅。

「味道有什麼特徵呢？是甜的還是鹹的？」

「味道很正常，既不甜，也不鹹，但我記得有點乾乾的。」恭介目不轉睛地看著圖。

「我覺得太乾不太好吃，但是，可能為了避免海苔和鰹魚鬆受潮變軟吧。」小石歪著頭思考著。

「有時候會有點酸味。」恭介苦笑著補充。

「是不是餿掉了？不開玩笑了，如果是只有白飯、鰹魚鬆和海苔的便當，應該很容易做出來。」小石的手指摸著剛才畫的圖。

「我也這麼以為，所以就請宿舍食堂的大叔廚師幫我做，但總覺得吃起來哪裡不對勁。吃著吃著就覺得很膩，沒辦法把大叔做的海苔便當一口氣吃完。之前吃我爸做的海苔便當時，都是不知不覺就吃光了。」恭介口沫橫飛地說。

「會不會是那時候你年紀還小的關係？你午餐只能吃海苔便當，不是嗎？而且你剛才說，為了怕被同學看到，所以一口氣吃完了。」小石說話的語氣很沉著，和恭介形成明顯的對比。

「也可能是這樣。」恭介說話也失去了剛才的氣勢。

「你爸爸以前就經常下廚嗎？」

「以前我媽還在的時候，我從來沒有看過他進廚房。」

「難怪從頭到尾就只做海苔便當……。但是，你為什麼現在突然想要找你爸爸的海苔便當呢？」

「因為姑姑打電話給我，說我爸身體越來越虛弱，希望我能去探望他一次……。」

「那你就去看他啊，然後當面告訴他，謝謝他在你讀國中時，每天都為你做好吃的便當。」

「如果他是因為嫌麻煩，每天都做同樣的便當，我就不想去見他。」恭介皺起眉頭。

「即使是這樣，我也覺得你應該去見他一面。」小石聳了聳肩。

「我想確認一下我爸當年每天做的是什麼樣的海苔便當，應該就知道他當時的心情。」恭介用力抿著嘴。

「我會盡最大的努力，讓你能夠心情愉快地和爸爸見面，但其實是請我爸爸去找。」小石吐了吐舌頭。

「拜託了。」恭介聲音宏亮地說完，站起來鞠了一躬，很有運動選手的架式。

流看到小石和恭介走回食堂，拿起遙控器，關掉了吊櫃上的電視。

「有沒有問清楚了？」

「該問的都問了，但這次可能有點難度。」小石回答。

「哪是這次而已，不是每次都很難嗎？無論是什麼食物，我都會使出渾身解數去尋找，這次是什麼難得一見的食物嗎？」流問小石。

「是海苔便當。」小石回答時，恭介縮起了肩膀，露出尷尬的笑容。

「越是這種簡單的食物難度越高。」

恭介聽到流的回答，收起了臉上的笑容。

「沒事，你不用擔心，我爸爸一定會找到。」小石拍了拍恭介的背。

「拜託了。」恭介向他們父女深深鞠了一躬，隨即打開了拉門。

「不行！不可以進來。」流趕走了跑到他們腳下的虎斑貓。

「以前住在大分時，我們家也有養虎斑貓。這隻貓叫什麼名字？」

「牠叫瞌睡，因為整天都在打瞌睡。」小石向瞌睡招了招手，瞌睡觀察著流的臉色，小心翼翼地過來。

「對了，還沒有問下次什麼時候來。」恭介把背在肩上的運動袋放在地上，拿出了手機。

「兩個星期後可以嗎？」流問恭介。

「下週四之後，我們會來京都集訓，剛好可以過來。」恭介的手指在手機螢幕上滑動，確認了日期。

「我會打手機給你確認，以防萬一。」小石抱起瞌睡，對恭介說。

「謝謝妳。」恭介收起手機，向西邁開步伐。

「如果你要去搭京阪線，走錯方向了。」恭介聽到小石的話，停下腳步，轉身走了回來。

「我從小就沒有什麼方向感。」恭介露出靦腆的笑容，從他們面前走過去。

「路上小心。」流對著他的背影說，恭介停下了腳步。
「我忘了付錢。」恭介抓著頭，走了回來。
「下次吧，連同偵探費一起付就好。」
「我要準備多少錢？」恭介抬眼看著小石的臉。
「我們不會漫天要價。」流說。
「那就麻煩兩位了。」恭介鞠了一躬後快步離去。
流和小石目送他的背影離去，回到店裡，瞌睡發出了慵懶的叫聲。
「北野同學和海苔便當，很意外的搭配。」小石細心地擦著桌子。
「北野同學？妳叫得真親切，他是妳的朋友嗎？」流坐在吧檯前的座位上，翻開了筆記本。
「咦？爸爸，你沒有發現嗎？」小石停下了手。
「發現什麼？」流面不改色地繼續翻著筆記本。
「他是游泳選手啊，有望參加奧運的選手。無論仰式還是蝶式或是自由式全都很擅長。」小石做出自由式的姿勢。

「原來是這樣，但無論案主是誰，我都會全力以赴。」流從吊櫃中拿出地圖。

「雖然是這樣沒錯啦。」小石鼓起了臉頰。

「原來在大分，有關竹筴魚、關鯖魚，有太多好吃的東西了。那我就去跑一趟。」

「真羨慕，我也想和你一起去。」

「我會買伴手禮回來，妳就乖乖看好家。如果家裡沒人，媽媽會感到孤單寂寞。」

小石聽了流的話，只能聳聳肩。

近體大的加強集訓在伏見區的深草校區舉行，參加集訓的幾天後，終於可以請假外出的假日，恭介帶著興奮的心情，搭上了京阪電車。經過漆成和鳥居相同紅色的伏見稻荷車站，又經過兩個車站，電車進入了地下，很快抵達了七條車站。恭介把小型肩背包背在肩上，下車站在月台上。

恭介很沒有方向感，雖然是第二次造訪，但還是迷了路。他握著皺巴巴的地圖，慢慢走在街上努力回想，才終於來到熟悉的房子前。

「歡迎光臨。」小石滿面笑容地迎接他。

「午安。」恭介一臉不安的表情尋找流的身影。

「別擔心，我爸爸找到了。但是他還沒做好，我也不知道是怎麼回事，你再稍微坐一下。」小石把裝了冷泡茶的茶壺和杯子一起放在桌子上。

「我昨晚都沒睡好。」恭介忍著呵欠說。

「沒想到你這麼敏感，你這樣有辦法參加奧運嗎？」小石在為恭介倒茶時笑著說。

「這兩件事不能混為一談。」恭介氣鼓鼓地說。

「不好意思，再等我一下。因為我想到了一個好玩的方法。」流從廚房探出頭說。

「我就說吧。照理說，我爸爸早就該做好了，卻又突然說了一句『對了，我想到了一個好主意』，然後又低頭忙了起來。」

恭介聽到小石這麼說，微微站起身，向廚房內張望。

「真的沒問題嗎？」

「應該可以輕鬆搞定。」小石歪著頭，撇著嘴角。

「好，我終於完成了。」流拿著四方形的托盤走了過來，上面有兩個便當盒。

「這是兩人份嗎？」恭介在早餐吃丼飯時，添了三次飯，看到眼前的狀況，忍不住露出了苦笑。

「你比較一下兩種不同的味道，不必全都吃完也沒關係。」流把蓋著蓋子的兩個便當盒放在恭介面前。

「你說要我比較一下，兩個便當的味道有什麼不一樣？」恭介看著眼前兩個陽極氧化鋁便當盒。

「請你自己用舌頭感受。」流鞠了一躬後，走回了廚房。

「飯裝得很滿，如果不夠再告訴我們。」小石把茶壺放在杯子旁，也跟著流走進了廚房。

食堂內只剩下恭介一個人，他坐直了身體，用雙手輕輕地打開便當盒蓋。

兩個便當盒內裝的都是海苔便當，鋪滿了海苔，而且縱向、橫向切開了。他猛然想起，爸爸以前做的便當也是這樣。

將便當盒橫放時，每次都是橫向切兩條，縱向切三條，將筷子順著切開的地方伸進去，就可以把整個便當分成十二格。他清晰地回想起當時分十二口吃完一個海苔便當的記憶。

恭介先拿起左側的便當。他橫向拿著便當盒，把筷子伸到左下方那一格底部，一口氣送進嘴裡。由下到上，分別是白飯、鰹魚鬆和海苔組成三層，和爸爸以前做的一樣。

「真好吃。」他忍不住脫口而出，閉上眼睛咀嚼著。

接著又用相同的方式吃了旁邊那一格。真的好吃得沒話說，和宿舍食堂的大叔做的簡直有天壤之別。

所以，右側的那個便當是失敗品嗎？還是更好吃？

「該不會……。」他吃了一口右側的便當。

和剛才吃左側時一樣，他先夾起左下角那一格送進嘴裡。吃了一格、兩格，當他把第三格送進嘴裡，經過兩次、三次、四次的咀嚼，淚水緩緩地從眼角流了下來。他用手背擦著淚水，又夾起一格送進嘴裡，然後同樣咀嚼著。最後，他終於忍不住小聲嗚咽起來。

這感覺並不是因為懷念，也不是因為難過，連他自己也搞不懂為什麼會流淚。

兩個便當的味道明顯不一樣。雖然不知道哪裡不一樣，但爸爸以前每天為自己做的，絕對是右側的便當。

「這味道是不是你要找的『那一味』？」流從廚房走出來，站在恭介的身後問。

「我覺得這個就是我爸的『那一味』。」恭介用手頻頻擦拭眼角，點了點頭。

「太好了。」流為他的杯子裡倒了冷泡茶。

「雖然左側的便當也很好吃，但是右側的便當……。」恭介的眼眶再度濕潤。

「右側就是你爸爸每天、每天為你做的海苔便當。」流露出了溫柔的眼神。

「左邊和右邊的雖然看起來一模一樣，但是吃起來完全不同，請你告訴我是為什麼？」恭介正襟危坐地發問。

「這是祕密，更是你爸爸對你的愛。」流把檔案夾放在桌上。

「對我的愛……。」恭介看向檔案夾。

「左側的便當是不是也很好吃？但是你爸爸在左側便當的基礎上，繼續下了工夫，不僅更加美味，而且還增加了營養，也更不容易變質。」

「我爸下了工夫？」

「你爸爸真的不會下廚，當初硬著頭皮為你做了海苔便當，沒想到你吃得很開心。他不知道該怎麼改進，於是去向經常光顧的那家食堂的老闆請教，說想要為你做全日本最好吃的海苔便當。」

「經常去的食堂？」

「計程車司機都會去同一家食堂吃飯。通常都物美價廉，又有可以停車的地方。你爸爸以前任職的『豐後觀光交通』那家計程車行的司機，幾乎都是去『新宮食堂』。你爸爸北野恭太幾乎每天都去縣政府後方的這家小食堂吃午餐，他似乎是那裡的老主顧，食堂的老闆新宮先生還記得他。」流從檔案夾中拿出食堂的照片，放在桌上。

「這家食堂……。」恭介低頭看著照片。

「不愧是大分，連這種大眾食堂的魚也好吃得不得了。我吃了你爸爸也很愛吃的炸竹筴魚定食，平時在京都吃的那些根本望塵莫及。」流用手指滑著手機，出示了料理的照片。

「先不管這些無關的事，趕快說說海苔便當。」小石催促著流。

「急什麼嘛，新宮老闆很會做魚料理這件事是鋪陳。新宮老闆說，他們家已經有好幾代都是漁夫，他曾經開過壽司店。既然是那個老闆想出來的海苔便當，當然沒有不好吃的道理。」流拿起了恭介右側的便當，繼續說了下去。

「雖然看起來都一樣，無論從上面看，還是像這樣把飯夾起來。」流用筷子夾起了恭介剛才吃的那一格對角線上，也就是右上角的那一格。

恭介和小石都仔細打量著那一格海苔便當的剖面。

「但其實不一樣。」流把那一格海苔便當輕輕放在便當盒蓋上。

「都是三層，我覺得一樣啊。」小石從側面打量後說，恭介也用力點了點頭。

「祕密就在中間那一層。你們仔細看這裡，是不是和其他鰹魚鬆不一樣？」流掀開第二層海苔，出示在他們面前。

「這不是鰹魚鬆，而是魚肉。」小石近距離觀察後驚叫起來。

恭介似乎仍然無法分辨，一臉錯愕的表情。

流走進廚房，把一尾魚放進魚箱後，拿到恭介和小石的面前。

「這叫白帶魚，外形是不是很像刀？所以也叫太刀魚。把白帶魚烤一烤，再把魚肉拆下來加進便當。用醬油和臭橙調味。白帶魚和臭橙都是大分的特產，臭橙還具有防止變質的作用。只加鰹魚鬆味道很單調，但是增加了白帶魚的美味，味道就更有層次。」

「這就是白帶魚喔，白帶魚的魚肉……。」恭介注視著白帶魚。

「你為了不讓同學看到你的海苔便當，總是把筷子伸到便當底部夾起來，而且吃得很快，所以沒發現。」

「我從來沒看過便當中間長什麼樣子。」

「你爸爸向新宮老闆討教後，以這種方式用心地為你做海苔便當。」

「他明明笨手笨腳，不會下廚……。」恭介瞇起了濕潤的雙眼。

「正因為他笨手笨腳，所以大家都很喜歡他。我在那家食堂一聊到你爸爸，很多人都充滿懷念地提起他。」

「他是不是給大家添了很多麻煩？」

「雖然好像發生了很多事，但是沒有一個人說你爸爸的壞話。」

「真是鬆了一口氣。」恭介不僅嘴上這麼說，臉上也露出發自內心鬆了一口氣的表情。

那是他不瞭解的父親形象。

「有一次，你爸爸的同事對他說：『誰知道你兒子有沒有真的吃完便當，搞不好根本沒吃，丟進了垃圾桶。』」

恭介聽了流的話，用力搖了搖頭。

「你爸爸平時待人很溫和，那天臉色大變地反駁。他說：『我兒子絕對不可能說謊，也絕對不會做這種偷雞摸狗的事，而且也不是會若無其事地把我做的便當丟進垃圾桶的孩子。』」

恭介聽著流說話，注視著眼前的海苔便當。

「我覺得這的確是全日本最好吃的海苔便當。」小石試吃後，點了兩、三次頭。

「謝謝你們，我可以把這個帶回去嗎？」恭介蓋上了便當盒的蓋子。

「當然可以。我還為你做了一份外帶的便當，你可以一起帶回去。」流笑著回答。

「要記得放保冷劑。」小石打開了冷凍庫。

「我會給你食譜，你可能不會下廚，在結婚之前，要好好保存。因為只要按照食譜上的方法，就可以做出你爸爸的海苔便當。」流把檔案夾放進紙袋，再交給恭介。

「連同我上次吃的料理，總共要付多少錢？」恭介拿出皮夾。

「北野同學，請把符合你心意的金額匯入這個帳戶。」小石遞給他一張便條紙。

「謝謝。」恭介小心地摺起便條紙，放進了皮夾。

「我很期待奧運。」小石握著恭介的手說。

「好。」恭介挺起胸膛。

「你爸爸也一定很期待，加油嘍。」恭介走出食堂外，流對他說。

「他整天沉迷賭博，我想他早就忘了我。」恭介摸著走到他腳邊的瞌睡的頭。

「他每天都為你做這種海苔便當，這樣的兒子，想忘也忘不了吧。」

恭介默然不語，深深鞠了一躬。

「如果你要搭京阪線，不是往這個方向。」小石看到恭介沿著正面通往西走，大聲叫住了他。

「不能重蹈覆轍。」

恭介抓著頭，轉身往東邁開大步。

「簡直就像是虎落平陽，河童上了岸。」流苦笑著說。

「我還是決定專攻蝶式。」恭介突然停下腳步，轉過頭大聲地對著他們說。

「太好了。」流向他微微欠身，恭介再度向東邁開大步。

瞌睡喵了一聲。

「爸爸，我一直很想問一個問題。」一走回店裡，小石立刻開了口。

「想問什麼？」流反手關上拉門，轉頭看著小石。

「今天晚上該不會要吃海苔便當？」

「原來是這件事啊，有什麼關係嘛。吃海苔便當，順便喝一杯，不也很好嗎？」

「饒了我吧。」小石的兩道眉毛皺成了八字，開始收拾桌子。

「開玩笑的，今天晚上吃白帶魚涮涮鍋。我覺得不會輸給海鰻。」流走向廚房。

「爸爸，我果然沒看錯你，這下子我可以放心喝酒了。」小石露出了興奮的眼神。

「我是在大分的市場買的，品牌的名字還很有來頭，叫作『國東銀白帶』，我覺得可以比照海鰻的吃法，所以特地多買了一些。」流打開冰箱時說。

「因為沒什麼魚刺，應該比海鰻更容易做各種料理吧。」小石仔細擦著吧檯。

「掬子也很愛吃海鰻。」流拿起了菜刀。

「對了，要不要用白帶魚做壽司？應該和海鰻壽司差不多？媽媽不是超愛吃海鰻壽司嗎？」小石把頭伸進廚房說。

「我早就準備好了。」流走進客廳，把裝在小盤子裡的壽司端出來供在佛壇前。

「拜完就可以吃了，我好期待啊。」小石站在流的身後，對著佛壇合起雙手。

第二道　漢堡排　ハンバーク

竹田佳奈跺著腳，直視著斑馬線前方的行人號誌燈。她站在鹽小路通的這一側，抬頭看向馬路對面的京都塔，然後又將視線移回了號誌燈。號誌燈一變綠，一身灰色長褲套裝的佳奈立刻搶先衝了出去，在斑馬線上奔跑著。

「四十歲前的最後一次旅行跑來京都，真的很有我的風格。」她用不像是自言自語的音量大聲說話，擦肩而過的一對年邁夫婦回頭看著她。

佳奈拖著粉紅色大行李箱，目不斜視地往北走。

她從烏丸通轉入正面通，毫不猶豫地站在她要找的那家店門口，用力打開了拉門。

「午安。」

「歡迎光臨。」鴨川小石停下正在收拾碗盤的手，轉頭看向佳奈。

「這裡是鴨川食堂，對吧？」佳奈把行李箱放在角落，問小石。

「沒錯。」小石把盤子放進托盤，冷冷地回答。

「我今天來這裡，想請你們幫我尋找『那一味』。」佳奈拿下肩上的黑色肩背包，微微欠身說。

「原來是事務所的客人。」小石微微放鬆了臉上的表情。

「歡迎光臨。」鴨川流從廚房走出來，拿下了白色廚師帽。

「不好意思，突然打擾你們。我叫竹田佳奈，是大道寺小姐介紹我來這裡。」佳奈雙手遞上了名片。

「原來妳就是那個經常和茜一起吃飯、喝酒的朋友。她半個月前打電話給我，我已瞭解了大致的情況。來，請坐。」流左手拿著名片，請佳奈在鐵管椅上坐下來。

「謝謝，那我就失禮了。」佳奈向父女兩個人微微點頭，在椅子上坐了下來。

「妳肚子餓嗎？要不要先做點什麼給妳吃？」流把名片放在吧檯上。

「我聽說鴨川先生做的料理都是極品，如果能吃到你做的菜，真是太榮幸了。」

「茜說得太誇張了，哪是什麼極品。我會為妳準備當令的美食。妳有沒有什麼不吃的食物？」

「我什麼都吃，什麼都覺得好吃。」

「請給我一點時間，我馬上為妳準備。」流重新戴上帽子，快步走進廚房。

「美食記者……。妳為雜誌寫文章嗎？」小石瞥了名片一眼後問。

「除了雜誌報紙，最近也有不少電視的工作。」佳奈對小石笑了笑。

「真羨慕，既可以吃美食，又可以寫美食文章賺錢。」

「並沒有妳想的那麼輕鬆，而且最近案子也減少了。」佳奈聳了聳肩。

「妳和茜姐一起工作嗎？」小石為唐津燒的茶杯裡倒茶時問。

「我們只合作過一次，因為都是單親媽媽，所以很聊得來，每個月都會一起喝兩、三次酒。」佳奈又聳了聳肩，不知道是不是她的習慣動作。

「妳酒量不錯嗎？要不要喝點什麼？」

「等看了料理之後再決定。」

「我就知道妳會這麼說。」流從廚房走了出來，在桌上鋪了一塊藍染的布。

「被你發現了嗎？」佳奈吐了吐舌頭。

「聽說妳愛喝葡萄酒。我們這種小店，沒有很厲害的酒，但等一下我拿我自己喜歡的酒給妳試試。」流又走回廚房。

「這是之前和我媽一起去德島體驗藍染時染的布，顏色是不是很漂亮？」小石撫平藍染布的摺痕時，瞇起眼睛說。

「我沒有和我媽一起去旅行的記憶。」佳奈說話的聲音很落寞。

「妳媽媽也在工作嗎？」

「她在我爸的店裡幫忙。」

「妳爸爸做什麼生意？」

「在弘前開了一家食堂。」

「像我們一樣嗎？」

「我爸媽的食堂沒辦法和京都的店相提並論，從拉麵到咖哩，什麼都賣。」佳奈皺著眉頭說。

「我們店也差不多啊。」小石笑了起來。

「春天終於來了，所以我裝在這個籃子裡。」藤編的大籃子內鋪了明亮黃綠色的和紙，上面放了好幾個小碗、小碟子。

佳奈立刻從皮包裡拿出數位相機。

「我可以拍照嗎？」

「如果妳不嫌棄，請隨意。」流在回答的同時，佳奈用拿在左手上的數位相機按了好幾次快門。

「工作上養成的習慣很難改變。」小石的臉上露出一絲嘲諷的笑容。

「只要看到令人食指大動的料理，就會忍不住……。」佳奈時而改變角度，時而改變焦距，連續拍了好幾張照。

「可以了嗎？」流看到佳奈差不多拍完了，於是問她。

「可以了。」佳奈慌忙把相機放回了皮包。

「每年春天的料理，差不多都是這種感覺。從左上方開始……。」

「請等我一下。」佳奈急忙從皮包裡拿出錄音筆，放在桌上。

「請繼續說。」佳奈看著流，流露出了苦笑。

「左上方唐津燒的小碗裡裝的是滷長岡春筍和出雲海帶芽，旁邊織部燒的長方形盤子裡裝的是山椒嫩葉烤鱒魚，九谷燒的方形小碗內是豌豆莢炒蛋。下方是五個伊萬里的小碟子，從左到右的菜色分別是奶油焗烤白味噌蛤蜊、味噌醋拌九條蔥海瓜子，馬頭魚生魚片切成細絲後，拌柚子醋和山椒嫩葉。丹波土雞用鹽麴醃製後烘烤。最右邊的是琵琶湖香魚的姿壽司。下方圓盤內裝的是什錦酥炸山菜，蜂斗菜、楤木芽、夾果蕨嫩芽、紅葉傘、蕨菜和牛尾菜，做成天婦羅太沒創意了，所以今天改用酥炸的方式處理，除了可以蘸抹茶鹽一起吃，和山椒做的伍斯特醬也很搭。請慢用，搭配這款白葡萄酒好嗎？」流結束說明後，拿出了一瓶葡萄酒。

「請等一下。」佳奈話音未落，就拿出了數位相機。

「這是我朋友在丹波釀造的葡萄酒，使用了百分之百夏多內白葡萄，在法國的小酒桶內發酵、熟成，高質感的酸味完全適合目前的季節。」流打開瓶塞後，把酒倒進杯子。

「好香。」佳奈嗅聞了軟木塞的香氣後，用三根手指靠握杯腳，喝了一口杯中的酒。

「這款葡萄酒太好喝了。」佳奈露出興奮的眼神，拿起了酒瓶。

「太好了，因為我認為目前的溫度剛好，所以沒有拿冰桶出來，妳可以盡情享用。」流說完之後，走回廚房。小石也跟在他身後。

鴉雀無聲的店內，只聽到關掉錄音筆的聲音。佳奈再次打量籃子內的菜餚。

「應該先吃炸物吧。」她喃喃自語著，在炸蜂斗菜上撒了少許抹茶鹽後送進嘴裡。

她咬了一口，苦味頓時在嘴裡擴散，舌尖隨即感受到淡淡的回甘。

「趁忘記之前寫下來。」她小聲嘀咕著，拿出了筆記本，左手握筆寫了起來。

她右手拿著的筷子夾起了炸蕨菜，猶豫了一下，蘸了小碟子裡的醬汁後送進嘴裡。

「嗯，醬汁也很好吃。」佳奈點了點頭，用左手做著筆記。

吃完炸山菜後，她的目光移向籃子上方。

「京都的筍和其他地方的味道不一樣。」她大口咬著筍子，在筆記本上寫了三行左右的感想。

她又喝了一口酒，接著吃了山椒嫩葉烤鱒魚、奶油焗烤蛤蜊，每吃一道菜，嘴裡就念念有詞。隔了一會兒，她放下右手上的筷子，拿起筆寫字，左手一直拿著葡萄酒杯。

「這是今天的最佳料理。」佳奈吃完切成細絲的馬頭魚，在筆記本上打了三顆星。

「食物還合妳的口味嗎？」流拿著銀色托盤，從廚房走過來後，打量著籃子內。

「非常好吃。之前我也曾經在京都的餐廳吃了好幾次京都料理，今天的料理絕對可以進入前三名。」佳奈放下葡萄酒杯後，拿起筆在筆記本上畫了重點線，露出了笑容。

「太榮幸了，但是我做的菜稱不上是京都料理，只能說是配飯的菜和下酒菜罷了。」流面不改色地說。

「你太謙虛了，你的菜絲毫不比那些米其林三星的高級日本料理店遜色。」佳奈用手肘頂了流的肚子兩、三次。

「妳左右開弓，兩隻手都很靈活啊。」流改變了話題。

「因為我想要同時做好幾件事。」佳奈苦笑著聳了聳肩。

「妳要吃飯嗎？今天準備了蜂斗菜葉莖和櫻花蝦炊飯。」

「可以再喝一杯酒之後才吃飯嗎？」

「沒問題，沒問題，那我等一下和湯一起送上來。」流把銀色托盤夾在腋下，走回了廚房。

佳奈把葡萄酒倒進酒杯時，視線在籃子裡游移，最後拿起了九谷燒的方形小碗，拿到鼻子前聞了一下。清新的香氣讓她產生了懷念之情。她拿起旁邊的小湯匙，舀起一顆被炒蛋包覆的豌豆送進嘴裡。

她繼續打量籃子，視線停在香魚姿壽司上。她把數位相機的鏡頭拉到最長，鏡頭幾乎快貼到香魚背了。螢幕中，香魚背發出閃閃亮光。她突然想起曾經跟著父親去鄰縣釣香魚的事。

那次握著釣竿等了很久，最後才終於釣到了香魚。魚鱗在夏日的陽光下閃閃發亮，魚的身體扭動了好幾次，似乎在乞求饒命。如果只是享受釣魚的樂趣，就該把魚放回河裡。父親聽到她這麼說，用強烈的語氣訓了她一頓。

釣魚的行為就是殺生。不光是魚，我們在吃肉和蔬菜時，都是接收了這些食物的生命，所以在吃飯前要說「開動了」。既然這樣，就必須把釣到的魚吃掉。父親對剛上小學的佳奈說了這番話，佳奈對於父親說教的語氣感到很不高興，可能臉上的表情透露了內心的想法，父親伸手打了佳奈一巴掌。

雖然並沒有對這件事耿耿於懷，但經常會不經意想起這件事，每次內心深處就會湧起苦澀。

她覺得自己是在那次之後，和父親之間的感情發生了變化。佳奈從鏡頭中看著香魚壽司，想起了這件事。

大部分的菜都吃完時，流拿著一個小土鍋走了過來。

「春天有許多新生命誕生，我用海味的櫻花蝦和山味的蜂斗菜一起做了炊飯，只加了少許鹽，味道很清淡，妳可以直接享用，也可以加點蜂斗菜味噌，做成茶泡飯來吃。我馬上送湯過來。」流把土鍋裡的炊飯盛在飯碗內，轉身又走回了廚房。

流剛才提到的「生命」這兩個字，在佳奈的內心回響。不知道是因為流和父親的年紀相仿，還是因為他們都從事餐飲工作。佳奈思考著這個問題，把炊飯送進嘴裡。

「太好吃了。」佳奈露出興奮的眼神叫了起來。

她忘了拍照，專心致志地低頭吃飯。

轉眼之間，就把碗裡的炊飯全都吃完了。

她從土鍋內盛第二碗時，流端著裝了一小碗湯的長托盤站在她身旁。

「怎麼樣？」

「好吃得不得了。」佳奈在盛飯時，對著流露出了笑容。

「太好了。由比的櫻花蝦才開始捕撈，所以是初上市的櫻花蝦。俗話說，吃初上市的當今新鮮貨，就可以長命百歲。」流打開湯碗的蓋子，頓時冒出大量熱氣。

「啊，好香。」佳奈把臉湊近湯碗，閉上眼睛，用力嗅聞著。

「這是只加了切丁豆腐的清湯，加了少許山椒嫩葉增加香氣。」

「只有豆腐而已嗎？感覺香氣很有層次。」

「我把用來做壽司的香魚骨炙燒了一下熬高湯，因為我做了很多香魚壽司。」

「這樣啊，原來是香魚的香氣。這麼小的香魚魚骨……。」佳奈把鼻子湊到湯碗冒出來的熱氣前。

「香魚也稱為年魚，活不過一年，壽命很短，如果沒有物盡其用，超渡牠們，牠們不是太可憐了嗎？」

「……」健談的佳奈難得閉口不語。

「等妳吃完之後，我再帶妳進去裡面。」流把長托盤夾在腋下，走回了廚房。

佳奈拿起湯碗，舉到嘴邊。切成五毫米見方的豆腐丁在舌尖抖動，香魚和山椒的香氣撲鼻。佳奈放鬆地吐了一口氣。

「在吃飯的時候思考生命這種事，飯吃起來也不香了。」她喝完了湯碗裡的湯，但是土鍋裡的飯還剩下三分之一。

她可能有了一點醉意，臉頰泛起了紅暈。

「對了，我要吃點茶泡飯。」她想起了流剛才說的話，急忙把炊飯裝在碗裡，把蜂斗菜味噌放在上面，雙手畫圓，把茶壺裡的茶倒進了碗裡。

她拿起筷子，發出咻嚕咻嚕的聲音吃著茶泡飯。她臉上的表情沒有任何變化，把茶泡飯吃得精光，才靜靜地放下了筷子。

「要不要帶妳進去？」流立刻從廚房走了出來。

「麻煩你了。」佳奈毫不猶豫地站了起來。

流打開吧檯旁的那道門，走在前面帶路。佳奈跟在他身後。

「啊，謝謝款待。」佳奈突然想了起來，對著流的後背說。

「承賞為幸。」流轉頭露出了微笑。

「什麼？」佳奈忍不住問。

「承賞為幸，就是謝謝妳品嘗的意思。京都的家庭都這麼說，是用來回應『謝謝款待』的話，但普通的餐廳不會這麼說。」流停下腳步，轉頭看著她。

「我還以為『承賞為幸』是對準備吃飯的人說的。」

「我記得妳有孩子？如果小孩對妳說『謝謝款待』，妳怎麼回答？」

「我都說『只是粗茶淡飯』。」

「我並不是在挑妳的語病，但是妳都給孩子吃粗茶淡飯嗎？」流苦笑著說。

「大家不是都這麼說嗎？」佳奈露出不悅的表情。

「對不起。」流鞠了一躬，邁開了步伐。

佳奈聳了聳肩後，跟了上去。

流敲了敲走廊盡頭的那道門，小石從門內探出頭說：「請進。」

流看到佳奈走進去後，轉身離開了。

「雖然有點麻煩，但可以請妳填寫一下嗎？」小石把板夾遞給坐在對面沙發上的佳奈。

佳奈左手握筆，迅速填寫起來。

「妳是左撇子嗎？」

「小時候是左撇子，結果我父親硬是把我糾正過來，目前兩隻手都會寫字。」佳奈笑著把板夾交還給小石。

「三十九歲，所以即將邁入不惑之年。」

「我無法想像自己快要四十歲了。」

「我也還沒做好心理準備。竹田佳奈女士，請問妳要尋找『哪一味』呢？」小石在問話的同時，把手機放在茶几上。

「妳剛才和我爸爸聊天時，不是錄了音嗎？我也打算把這招學起來。最近我很健忘，經常忘記寫下重要的事。只要錄了音，即使忘了記錄也沒問題。來，請妳回答我的問題。」小石的手指離開了螢幕。

「漢堡排。」

「妳是說西式的漢堡排嗎？不是漢堡？」小石翻開了筆記本。

「嗯嗯，但並不是西餐廳的漢堡排，而是食堂做的那種很不正規的漢堡排……。啊，對不起，我的意思是，不像你們的店這麼正統。」

「妳不必在意啦，我們的店也不怎麼樣。」小石擠出緩和的笑容後繼續問下去。

「請問妳是什麼時候、在哪裡吃到這道漢堡排？」

「我猜想應該是我父親做的。」

「妳猜想？請問是什麼意思？妳是說，他做的時候妳沒看到嗎？」

「並不是我吃的。看來我還是得從頭說起。」佳奈重新坐好，然後清了清嗓子。

「情況很複雜嗎？」小石稍微往前坐，拿起筆準備記錄。

「我有一個六歲的兒子，他的名字叫勇介。我希望尋找勇介之前吃過的漢堡排。」

「那是妳爸爸做的嗎？」

「應該是，因為除此之外，我想不到他還會在哪裡吃過。」

「是怎麼回事？我有點聽不太懂。」小石左右搖晃著腦袋。

「在他的幼兒園畢業紀念冊上，有一欄要他們填寫最喜歡的食物。勇介寫了漢堡排，但是我從來沒做過漢堡排，也從來沒和他一起吃過。只想到前年，我曾經回去弘前向父母報告，以後我會獨力撫養勇介長大。我出門時，我爸好像做了什麼給他吃。勇介一定就是在那時候吃了漢堡排。」

佳奈皺起了眉頭。

「但是，很多小孩子不是都最愛吃漢堡排嗎？幼兒園的營養午餐，可能會有漢堡排啊。」小石反駁說。

「我兒子讀的幼兒園沒有供餐，所有學生都要自己帶便當。」

「漢堡排從來不曾出現在他的便當裡嗎？」

「我的前夫是超級饕客，無論是魚還是肉，都只吃原型食物，絕對不會吃絞肉或是肉丸這種東西，也不會給勇介吃。我也和他一樣，所以從來沒做過漢堡排那種東西。」

「真可憐，有些冷凍食品明明很好吃。」小石忍不住脫口說道。

佳奈露出生氣的表情說：「我認為吃加了大量添加劑、防腐劑和化學調味料的食物才更可憐。」

「如果不想使用這種現成的冷凍食品，可以自己剁肉，在家裡做給小孩吃。」小石也忍不住生氣地反駁。

「明明有好好的肉，為什麼要剁得失去原來的形狀？沒有理由特地做那種替代品給他吃吧。」佳奈也輸人不輸陣地反唇相稽。

「妳說漢堡排是替代品？」小石尖聲反問，兩個人陷入尷尬的沉默。

「不好意思，我太激動了。」小石先開口道歉。

「不，是我太失禮了。」佳奈微微低下頭。

「回到剛才的主題。既然是妳爸爸做的，問妳爸爸不是最快嗎？」

「因為我和我爸不和……。去年和今年我都沒有回娘家，所以才不想去問他做漢堡排的方法，而且我死也不想告訴他，勇介喜歡吃他做的漢堡排。」佳奈用力抿著嘴。

「雖然我不知道你們父女是為了什麼原因變成這樣，但是，既然是父女，妳虛心向爸爸請教，不是就解決了嗎？」小石抬眼看著佳奈，佳奈一臉沮喪的表情，把頭轉到一旁。

「沒關係，那就請我爸爸處理。只要去那個食堂吃漢堡排，應該就會知道了。」

「可惜光是這樣還不行。因為不知道我爸爸是不是拿店裡的漢堡排給勇介吃，所以必須問我爸爸。只不過希望不要告訴我爸爸，是我委託你們去調查這件事。」佳奈把頭轉了過來，一口氣說道。

「這也太難了，有辦法做到嗎？」小石歪著頭。

「我想到一個好主意。可以請妳爸爸假裝去採訪嗎？經常有人去我家的食堂採訪，我爸爸也從來不會拒絕。只要說是《料理春秋》去採訪，我爸爸一定會很開心地接受。到時向大道寺小姐打聲招呼就沒問題了。」佳奈吐了吐舌頭，露出了滿面笑容。

「妳想得真周到，但是，我爸爸最討厭說謊，我想應該沒辦法用這個方法。至於要使用什麼方法，就交給我爸爸處理吧。那家食堂叫什麼名字？」小石拿著筆準備做記錄。

「『竹田食堂』，有一百年歷史的老店。」佳奈從皮包裡拿出照片，放在茶几上。

「被雪覆蓋了，感覺很有味道。這是以前的照片嗎？」

「這是三年前的照片。我想老店是我家食堂唯一的優點，才會有人去採訪。」

「現在還有這種店，我真想去看看，能夠經營一百年太了不起了。」

小石拿起照片仔細打量著。

「看照片會覺得還不錯，實際去吃了之後，一定會大失所望。」佳奈聳了聳肩。

「先不說這個。請問妳為什麼現在想要尋找這道漢堡排呢？」小石也模仿了佳奈的動作聳了聳肩，然後把照片交還給她。

「因為我想讓兒子比較一下，我認為最好吃的料理，和勇介認為是他最愛吃的漢堡排，到底哪個更好吃。」佳奈把照片夾在記事本中，放回了皮包。

「要和什麼料理比較？」

「在至今為止採訪的所有肉類料理中，我認為最好吃的就是位在東京白金的一家牛排館的羅西尼牛排。雖然只是在山形牛的菲力牛排上放鵝肝和松露一起煎的簡單料理，但簡直是人間美味。我吃了之後感動不已，覺得那才是所謂的極品。」

「把漢堡排和牛排進行比較，是不是有點勝之不武？」小石忍不住歪著頭。

「我會讓勇介吃他誤認為是最好吃的漢堡排，然後再帶他去那家牛排館，讓他吃羅西尼牛排。我相信他在比較之後，就會知道什麼才是真正的料理。」

「妳是為了這個目的……。」小石深深嘆了一口氣。

「我希望勇介從小具有世界觀，避免他因為是單親家庭被人看不起，他必須具備一流的品味。我指的不是衣著打扮，不是這種表面的東西，我希望培養他的見識，絕對不會想讓他說出鄉下食堂的漢堡排最好吃這種寒酸的話。」

小石聽了佳奈的話，忍不住脹紅了臉，但是她不停摸著胸口，把已經到嘴邊的話吞了下去。

「那我瞭解了，我會請我爸爸去找。」小石闔起筆記本，用力按了手機螢幕。

「謝謝。」佳奈微微欠身後，馬上站了起來。

「有沒有問清楚了？」回到食堂，流收起了報紙，看著小石問。

「我已經充分說明了，那就拜託你們了。」佳奈深深鞠了一躬。

「我一定全力以赴。小石，有沒有約定下一次的時間？」流原本面對佳奈，轉身看著小石問。

「兩個星期後可以嗎？」小石冷冷地問佳奈。

「沒問題。可以請你們連同食譜用冷藏包裹寄給我嗎？運費當然由我負擔。」佳奈把肩背包背在肩上，伸手去拿行李箱。

「寄包裹？這怎麼行？而且還要向妳說明情況。」小石滿臉生氣的表情說。

「但是，兩個星期後，剛好是入學典禮的前夕，我要做很多準備工作，到時候會很忙。」佳奈嘟著嘴說。

「我知道妳一定很忙，但因為是吃的東西，我向來不會用郵寄的方式處理，可以麻煩妳再過來一趟嗎？」流對著佳奈露出了柔和的笑容。

「好，那我再想辦法安排時間過來。」佳奈聳了聳肩，打開拉門，走了出去。

「妳等一下還要去別的地方嗎？」流送佳奈到門外時，看著她拖著的大行李箱。

「我打算去京都新開的三家餐廳看看，為秋天的京都特集做準備。」

佳奈又聳了聳肩。

「妳今晚要住在京都嗎？」

「對，我會住在鴨川旁一家新開幕的飯店。」

「勇介一個人在家沒問題嗎？」小石把躺在佳奈腳下的虎斑貓瞌睡抱

了起來。
「今天請了保母幫忙照顧他。」佳奈沿著正面通往東走。
「路上請小心。」流對著佳奈的背影說，隨即瞪了瞌睡一眼。
「你不用露出這麼可怕的表情，我不會讓牠進去店裡。瞌睡，你是不是知道不能進去？等一下再找你玩。」小石把瞌睡放下後，向牠輕輕揮了揮手。

「這次要找什麼？」流在鐵管椅上坐了下來。
「漢堡排。」小石冷冷地回答。
「是哪家店的漢堡排嗎？」
「如果要說是店，也算是……。」小石在流的對面坐了下來，翻開筆記本，出示在他面前。
「妳只做了這幾行筆記嗎？根本無法瞭解任何情況啊。」流一邊翻著筆記，皺起了眉頭。

「你不必擔心，我準備了祕密武器。」小石把手機放在桌子上，然後點了一下螢幕。

「妳竟然偷工減料。」流苦笑著，把耳朵湊近了手機。

「她感覺超討厭，茜姐竟然和這種人聊得來？」

「小石，妳不必去想這些事。我們的工作，只是受人委託，尋找他們的『那一味』。」流把手機放在耳邊，提醒小石。

「差不多在最後的部分，她提出要你說謊騙她爸爸。」小石翻開筆記本，出示在流面前。

「說謊？這是怎麼回事？」

「我幫你按快轉，自己聽看看，我想你一定不願意。」小石的指尖在手機螢幕上滑動，然後學佳奈的習慣動作，聳了聳肩。

流仔細聽了一會兒後，放下手機，笑著對小石說：「真有趣，爸爸搖身一變，這次要當美食記者了。」

「這是在欺騙別人喔。」

「我之前在書上看到作家池波正太郎有時候也會用這種方式惡作劇，在旅行下榻的飯店玩興大發，冒充是富山的江湖郎中。據說這叫作『變身的樂趣』。」

「雖然這麼做，並不算是犯罪行為。」

「那我明天就去弘前一趟。」

「記得帶好吃的伴手禮回來。」小石拍了一下流的背，流皺起眉頭。

櫻花盛開的季節，京都到處都是人山人海。佳奈穿越人群，粉紅色的小型肩背包掛在肩上，站在「鴨川食堂」前。

睡在門口的瞌睡瞥了佳奈一眼，打了一個呵欠。

「午安。」佳奈打開拉門，走了進去。

「歡迎光臨，今天天氣真好。」小石仰頭看著春日的天空，關上拉門。

「我們正在等妳。」流從廚房走出來，拿下了廚師帽。

「拜託了。」佳奈微微鞠躬，把肩背包從肩膀上拿了下來。

「我知道妳很忙，但是既然有這樣難得的機會，我希望妳嘗一下剛煎好的漢堡排。我會另外準備一份讓妳帶回家。」

「那就麻煩你了。」佳奈低頭看了一下手錶確認時間，在鐵管椅上坐了下來。

「我馬上就好。」流跑進了廚房。

「請問妳要喝什麼？」小石在擦桌子的同時問。

「等一下我馬上就要趕回去，所以今天就喝茶。」佳奈一邊滑手機，一邊冷冷地回答。

小石為茶壺加了熱水。

食堂內一片寂靜，不一會兒，廚房內傳來很大的聲響，像搗年糕時那樣聽起來有點黏稠的聲音規律地響起，接著又傳來了像是火花四濺般尖銳的聲音。佳奈漸漸聞到了香噴噴的味道。

「好香啊。」原本正低著頭看手機的佳奈抬起頭，用力嗅聞起來。

「我一開始也這麼覺得，但是，每天都聞到這種味道，就覺得有點膩了。」小石苦笑著，把茶倒進了清水燒的茶杯。

「給你們添麻煩了。」佳奈把手機放進皮包，微微低頭說。

「妳太客氣了，這是我們的工作。我爸爸是完美主義，所以會一試再試，直到自己滿意為止，結果讓我這個負責試吃的人變成了這樣。」小石隔著黑色圍裙，拍了拍肚子。

「小石，準備好了嗎？」流從暖簾的縫隙中探頭問。

「這裡已經準備好了。」小石把黃色餐墊放在佳奈面前，然後把兒童用的叉子和筷子放在上面。

「米奇的叉子和麥當勞的筷子，簡直就像兒童餐。」佳奈的臉上露出了笑容。

「我爸爸說，這也是餐點味道的一部分，所以特地做了準備。」小石苦笑著說，流用銀色托盤端著漢堡排走了過來。

「這應該就是勇介喜愛的漢堡排，請妳趁熱享用。」流把白色西餐用餐盤放在餐墊上。

「我把茶壺留在這裡，如果茶喝完了，請妳叫我一聲。」小石笑著對佳奈說，跟著把銀色盤子夾在腋下的流一起走回了廚房。

佳奈從皮包裡拿出數位相機，拍了兩、三張照片。

放在白色圓盤正中央的漢堡排看起來很普通，但淋在上面的好像不是多蜜醬汁，更像是加了番茄醬的紅色醬汁。上面有個半熟的荷包蛋，配菜的薯條、糖煮胡蘿蔔、奶油玉米也很普通，還附上了小孩會很喜歡的番茄義大利麵。

佳奈深深嘆了一口氣，勉為其難地把漢堡排送進嘴裡。

「嗯？這是什麼味道？」她咬了一口後，立刻驚叫了一聲。

「這是……。」她放下筷子，拿起叉子，切下一大塊漢堡排，蘸了紅色醬汁後送進嘴裡。

佳奈細細咀嚼，仰頭看著天空，最後閉上了眼睛。

嘈雜聲宛如經過山谷吹來的微風，在佳奈的耳邊回響。父親喝醉酒時粗聲粗氣的聲音、母親高亢的笑聲、弟弟不知道在鬼叫什麼的聲音。一家四口在兩坪多大的客廳內，圍著矮桌吃飯，笑語不斷。

就是那時候的味道，但佳奈記得當時吃的是蕎麥麵。

佳奈不解地歪著頭，戳破了蛋黃，把漢堡排蘸了蛋黃一起吃，又接著用叉子把胡蘿蔔、薯條、玉米送進嘴裡。

吃著吃著，她發現自己的肩膀漸漸放鬆。不止肩膀，指尖、頭頂、膝蓋和腳後跟都好像變得輕飄飄的，整個人彷彿飛上了天。

「怎麼樣？合妳的口味嗎？」流拿著益子燒的陶土壺，站在佳奈身旁問。

「我試吃過很多家餐廳的漢堡排，第一次吃到這種味道，但是，不知道為什麼……。」佳奈仰起下巴，吐了一口氣。

「是不是有一種懷念的味道？」流對佳奈露出了柔和的笑容。

「為什麼？怎麼會這樣？我不記得以前在家裡吃過漢堡排。」佳奈的眉毛皺成了八字，加強語氣問。

「人的味覺很不可思議。」流把唐津燒的茶杯放在桌上，在倒茶的同時說：「家庭這兩個字，就是全家人一起生活的地方。餐桌上並不是只有食物的味道，還有家人的味道。和家人一起吃飯時的安心、彼此的關心都會醞釀出味道。我相信妳小時候，應該也是使用這種兒童餐具吃飯。」

佳奈雖然對流說的話產生了反感，但是並沒有吭氣。

「這個盤子、筷子和叉子，是妳娘家食堂專門提供給兒童用的餐具。我爸爸特地向妳爸爸借回來的，說要為《料理春秋》拍照。」小石瞥了佳奈一眼。

「我那天從頭到尾都冷汗直流。因為茜事先打電話去了店裡，所以妳爸爸完全沒起疑心，我對欺騙妳爸爸感到很愧疚。」流插嘴說。

「所以，你沒有提到我，對吧？」佳奈放鬆了臉上的肌肉，似乎鬆了一口氣。

「我沒提到妳，但是妳爸爸提到妳了。」

「啊？」佳奈露出緊張的神色。

「他以為我是料理雜誌的編輯，所以在店裡等我，劈頭就問我：『你認識竹田佳奈嗎？』」流苦笑著，出示了佳奈的父親竹田佳生的照片。

「他完全沒變。」佳奈拿起了照片。

「我不置可否地敷衍了幾句，他似乎感到很不滿，生氣地對我說，既然我從事飲食相關的工作，就要記住竹田佳奈這個名字。」

「妳爸爸為妳感到驕傲，和我們家大不相同。」小石鼓起臉頰說，佳奈聳了聳肩。

「店裡的菜單上有漢堡排定食，於是我就問了他製作方法。」流從檔案夾中拿出食譜，放在佳奈面前。

「和勇介吃的一樣嗎？」佳奈擔心地問。

「我也很好奇這件事，所以在試吃時就探了妳爸爸的口風，我說『如果你有孫子，一定很喜歡吃這道漢堡排』，沒想到竹田先生探出身體，很得意地說：『我孫子一直說很好吃，而且還吃了第二份。』所以絕對錯不了。」流語氣堅定地說。

「黃豆粉？」佳奈看著食譜，納悶地側著頭。

「妳爸爸好像使用黃豆粉作為漢堡排的黏合劑，弘前名產的津輕蕎麥麵也使用黃豆粉作為黏合劑。」流把津輕蕎麥麵的宣傳單放在佳奈面前。

佳奈得知了自己感到懷念的原因，忍不住有點掃興。

「竹田食堂」的津輕蕎麥麵最受歡迎，雜誌也都是為了這碗蕎麥麵上門採訪。佳奈來東京之前，幾乎每天都在家裡吃，她記得味道和百分之百使用蕎麥粉的蕎麥麵差得很遠。沒想到自己竟然對象徵貧窮的黃豆粉產生了鄉愁，令她感到有點後悔。

「的確是很容易入口的味道，但和牛排的美味相比……。」佳奈迅速瀏覽食譜後，放回了檔案夾。

「我覺得把這兩種食物相比這件事，就有很大的問題。」小石面露怒色地說。

「我上次也說了，希望勇介長大後，能夠成為一個瞭解兩者差異的人，無論是飲食還是其他方面，都希望他能夠建立一流的品味。」佳奈轉頭看著小石，挑起眉毛說。

「這只是父母一廂情願的想法，妳兒子一定覺得很困擾。」小石瞪著佳奈說。

「也許是這樣，但是我必須培養勇介成為一個出色的男人。」佳奈又重複了這句話，連續點了好幾次頭，好像在說服自己。

「這是父母的自私……。」

「小石。」流一臉嚴肅的表情，制止小石繼續說下去。

小石不滿地嘟著嘴，斜眼瞥了佳奈一眼，發現佳奈注視著某個位置，一動也不動。三個人都很尷尬，陷入了短暫的沉默。

「聽說妳先生去世了。」流最先開了口。

小石一臉驚訝地轉過頭，發現佳奈露出一絲驚訝的表情，停頓了一下之後，用力點了點頭。

「那一天，如果我沒請他幫忙做那件事，他就不會發生車禍。」佳奈咬著嘴唇。

佳奈因為忙於工作，於是請她丈夫幫忙採買，她的丈夫就是在買菜的路上發生了車禍。

對佳奈來說，這是令她痛心的事，所以深深烙印在她心裡。

「車禍……」小石皺起了眉頭。

「我聽妳父親說了大致的情況。妳父親以為我是妳的同行，所以放下了戒心。他和妳母親輪流向我說明了事情的經過。」流靜靜地說著。

佳奈咬著嘴唇，低頭看著地上。

「當媽媽就已經不是一件容易的事，妳認為自己還必須身兼父職，所以一直讓自己繃緊了神經，不敢鬆懈，我想這就是妳以一流的品味為目標的原因。」

佳奈聽了流的話，輕輕點了點頭。

「這段日子以來，妳一個人真的很努力，但是，我覺得已經夠了。從今以後，可以成為一個孩子願意向妳撒嬌的母親，我相信這也是妳先生的希望。」流輕輕把手放在佳奈的肩上。

佳奈前一刻還一動也不動，此刻肩膀開始微微抖動，隨即用力顫抖。

「一直以來，我都不希望勇介因為單親這件事而抬不起頭。」佳奈用力抿著嘴。

食堂內鴉雀無聲，外面不時傳來喧鬧聲，隨即又像潮退般漸漸遠去，食堂內再度恢復了寂靜。

「漢堡排或許無法和高級牛排相比，但是對漢堡排而言，將餡料混入絞肉，親手揉捏拍打鎖住鮮嫩肉汁，那一刻，心意也一併揉進了其中。這種製作的過程充滿感情，就和飯糰一樣。製作者的感情能夠透過手掌傳遞到食物中，勇介雖然是小孩子，但還是可以感受到外公的愛。」流語重心長地說。

「我也試吃了，這道漢堡排有一種讓人安心的感覺。」小石用小拇指擦拭著眼角，指著超級戰隊動畫的盤子說。

「只要有母愛，小孩子就會覺得很好吃。」流對佳奈露出了笑容。

「是。」佳奈不顧花掉的睫毛膏把眼睛周圍都弄黑了，鞠躬說道。

「妳要補一下妝。」小石探頭看著佳奈的臉說。

「沒關係，我去車站的化妝室補妝。」佳奈露出了柔和的笑容。

「我把食譜和要帶給勇介吃的漢堡排放在一起了。」小石把紙袋交給佳奈。

「對了，我上次也忘了付錢。請和今天的份一起結帳。」佳奈從粉紅色皮包中拿出了相同顏色的長皮夾。

「請把符合妳心意的金額匯入這個帳戶。」小石把便條紙放進白色信封裡，交給了佳奈。

「我瞭解了。」佳奈把信封放進皮夾。

「請保重身體。」佳奈走出食堂後，流對她說。

「謝謝你們的幫忙。」佳奈鞠躬說話時，瞌睡跑了過來。

「不行，你會把客人的衣服弄髒。」流瞪著瞌睡說。

「沒關係。」佳奈蹲了下來，摸著瞌睡的頭。

「春天真的來了。」小石瞇眼看著春日的天空。

「我要做漢堡排便當，和勇介一起去賞櫻。」佳奈也站了起來，和小石看向同一片天空。

「太好了。」流輕聲嘀咕。

「對了對了，我差點忘了問。剛才漢堡排的醬汁，好像有某種特殊的味道。」佳奈準備離去時，又轉身問流。

「將伍斯特醬和番茄醬加熱時，同時加入了豆泥湯。」

「豆泥湯……。」佳奈抬眼看向半空。

「妳爸爸是個溫柔體貼的人。」流的話就像輕輕推了佳奈一把，她緩緩邁開了步伐。

「代我向勇介問好。」小石對著佳奈的背影說，佳奈轉過頭，向她輕輕揮了揮手。

「怎麼樣？今晚要不要帶漢堡排便當去賞櫻？」流坐在吧檯前，翻開了報紙。

「好啊，還要帶酒。」

「據說京都御所目前開得很旺。」流看著報紙上的賞花資訊說。

「你剛才說的豆泥湯是什麼？」小石在擦桌子時問。

「就是把白蘿蔔、胡蘿蔔等蔬菜切成細絲，和油豆腐、蒟蒻一起放進昆布高湯煮的湯。弘前那一帶的特色，就是最後才把黃豆磨成泥的豆泥加進去。」

「我不懂，這和她爸爸的溫柔體貼有什麼關係？」小石走進廚房，轉頭看著流問。

「因為那裡積雪很深，無法採到七種蔬菜，所以就用這種豆泥湯代替春天的七草粥。通常都會煮一大鍋，在元宵節之前每天都吃。聽說是為了讓平時整天在廚房忙的女人可以好好休息一下。」流收起了報紙。

「原來是這樣啊。媽媽，想不到青森的男人真的很體貼。」小石跪坐在佛壇前。

「京都的男人更體貼，掬子最清楚這件事了。」

「真的嗎？」對著佛壇合起雙手的小石眼睛睜開一條縫。

「我來做三個漢堡排便當。」流看向佛壇，挽起了袖子。

第三道　聖誕蛋糕　クリスマスケーキ

京都車站的烏丸口是挑高的空間，高達三十五公尺的巨大樓梯一直通往車站大樓的十一樓，每一層樓設計的樓梯口和一百七十一級的階梯變成了大螢幕，用燈飾打造出聖誕的節慶氣氛，成為十二月特有的景象。

坂本良枝走出驗票閘，抬頭看向前方巨大的樓梯，忍不住拉了拉丈夫的袖子。

「你看那個樓梯，好漂亮。」

「真的欸，階梯變成了螢幕。」

「今年我們要用聖誕樹來裝飾。」良枝抬頭看著巨大的聖誕樹。

正幸默然不語，也抬頭看著聖誕樹。

「你還在猶豫嗎？」一陣北風吹來，良枝吐出來的氣都變成了白色，她靠在正幸身上。

「我還無法下定決心。」即使號誌燈已經轉綠，正幸仍未邁開步伐。

良枝抬頭看著他的側臉，輕輕推了推他的後背。

他們沿著烏丸通往北走，過了七條通後改變了方向，開始往東走。

他們走在正面通上，兩旁有很多佛珠店和僧服店，但這些店都已經打烊了，在整片黑暗中，只有一棟看起來像是歇業商家的房子亮著燈。

「是不是那裡？」良枝指向那棟房子。

「沒有招牌，也沒有暖簾。兩層樓的水泥房子，完全符合之前聽說的情況。」正幸把便條紙放進了口袋。

這棟看起來不像是店家的房子二樓黑漆漆的，但是一樓面向馬路的窗戶透出了燈光。雖然不像在營業，但裡面的確有人。他們站在門口互看了一眼之後，脫下了大衣。

「請問有人在嗎？」良枝打開了拉門。

「請問是哪一位？」片刻之後，身穿白色廚師服的鴨川流從廚房走了出來。

「請問這裡是不是『鴨川食堂』？」正幸問。

「對。但是不好意思，今天已經打烊了。」流語氣委婉地回答。

「我們想委託你們幫忙尋找『那一味』。」良枝露出求助的眼神說。

「那就先進來再說。」流想了一下後，向他們招手。

「謝謝。」良枝和正幸同時說道，露出鬆了一口氣的表情走進店內。

「請坐。」流為他們拉開了鐵管椅。

「不好意思，突然上門打擾。」正幸鞠躬道歉後坐了下來。

「因為這裡幾乎只做中午的生意，晚上都在準備隔天的食材。」

吧檯上有好幾個不鏽鋼方盤和料理碗，還有冒著熱氣的料理，不知道是不是才剛做好。良枝瞥了一眼吧檯，在椅子上坐了下來。

「對不起，打擾你工作了。」

「請問你們從哪裡來？」流把熱水倒進萬古燒的茶壺。

「我們看了《料理春秋》雜誌上的廣告，從伏見來這裡……。」良枝回答。

「你們就靠著那一行廣告，竟然可以找到這裡。」流把清水燒的茶杯放在他們面前。

「我們打電話去了編輯部，編輯部的人起初說無可奉告，但是我們鍥而不捨地拜託，電話終於轉到了主編手上。」良枝露出了微笑。

「原來是茜。」流苦笑著，轉頭看著他們說：「看來我們很有緣分。」

「謝謝。」正幸瞇起了眼睛。

「我回來了。」小石拎著超市的袋子，打開了拉門。

「妳可不可以小聲一點，都嚇到客人了。」流提醒她。

「不好意思，我動作太粗魯了。」小石畏縮地說。

「這是我女兒小石，她是偵探事務所的所長。」流向良枝和正幸介紹，他們一塊站起身。

「忘了自我介紹，我叫坂本正幸，她是我太太良枝。今天來這裡，是想請你們幫忙尋找『那一味』，請多指教。」夫妻兩人向流和小石鞠躬。

「肚子會不會餓？你們還沒吃晚餐吧？」小石轉頭看著他們，他們吞著口水。

「我們不請自來，不能這麼厚臉皮。」良枝看向正幸。

「明天要用的菜，剛好多準備了一些，你們稍微等我一下。」流瞭解他們的狀況後，走向廚房。

「真是太不好意思了。」正幸對著流的背影說。

「不用客氣，我爸爸很喜歡看到別人吃他做的料理。」小石為他們倒了茶。

「說實話，其實我們內心有點期待。因為大道寺主編對這裡的料理讚不絕口。」良枝露出了淡淡的微笑。

「你們是看了《料理春秋》才來這的吧？你們從哪裡來？」小石問。
「我們從伏見來這裡。」良枝簡短地回答。
「你們會看那本雜誌，所以也是從事餐飲工作嗎？」
「我們開了一家和菓子店。」正幸回答。
「我最愛吃甜食了，請問你們店都做些什麼和菓子？」小石在他們對面坐了下來。
「我們做的並不是茶道用的和菓子，而是每個人都可以輕鬆食用的麻糬和小饅頭。」良枝挺起胸膛，自豪地說。
「我超喜歡吃那種，是不是牡丹餅和櫻餅之類的？」小石露出興奮的眼神，和他們聊起了和菓子。
「讓兩位久等了。」流從廚房走出來，把漆器餐墊放在他們面前。
「不好意思，我們突然來打擾。」正幸正襟危坐說道。
「這裡只是小食堂，無法供應什麼大餐。」流把紅琥珀色的春慶塗漆器雙層年菜套盒放在漆黑的餐墊上。

「沒想到提前感受了新年的氣氛。」良枝掀開便當盒的蓋子，立刻眉開眼笑。

「並沒有像年菜這麼豪華，只是各道菜都放了一點。套盒的上層是加了山葵的醃漬鮪魚，生豆皮、鯛魚薄片上淋了芝麻醬。高湯蛋捲、馬頭魚壽司捲、浸煮大黑鴻喜菇和水菜，醋醃菊花蕪菁，竹籤上串的是鵪鶉肉丸和蒸蝦，還有板擦小黃瓜。」

夫妻兩人聽著流的說明，頻頻點頭，舔著嘴唇。

「你們是不是想喝點酒？要不要來一瓶？」小石問。

「雖然很想喝，但是等一下還要談重要的事，就先不喝了。」正幸向小石點頭致意。

「既然不喝酒，就請你們同時享用下層的料理。」

良枝聽了流的話，拿起了年菜套盒的上層。

「每一樣看起來都好好吃。」

「今天的烤物是味噌翎鮨，裝在小碗中的燉菜是櫻煮堀川牛蒡和明石章魚，聖護院蕪菁、菇傘未開的冬菇。紫蘇葉包的是甘露煮銀魺。炸物是龍田炸寒鯖魚和清炸海老芋。青蔥包的是鴨肉，白蔥包的是黑豬肉，可以蘸山葵或芥末吃。記得把山芹菜加在松葉母蟹肉炊飯上一起吃，味道特別好，層次也很不一樣。等一下我會再送牡蠣豆腐紅味噌湯上來，請兩位慢用。」流小跑著回廚房。

「我把這個放在這裡，你們可以當茶喝。」小石把益子燒的陶土壺放在良枝旁邊，也走進了廚房。

「那我們就開動吧。」正幸合起雙手，良枝也跟著做。

他們將雙層年菜套盒並排放好後，拿著筷子，視線忙碌地移動。最後是正幸先動了筷子。

「我以前從來沒吃過這麼美味的鮪魚赤身。」正幸深有感慨地說。

「比鮪魚肚更好吃。」良枝和正幸互看了一眼。

「我從來沒想到，鯛魚生魚片和芝麻這麼搭。」

「我第一次吃龍田揚炸鯖魚。」

「馬頭魚的壽司也很好吃。」

「堀川牛蒡鑲章魚欸。」

他們用筷子夾著菜，不時相視而笑，一口接著一口吃個不停。

「這是紅味噌湯。」流用托盤端了兩碗湯站在桌子旁。

「太好吃了。」良枝微微站了起來。

「那真是太好了，兩位請慢慢享用。」流把兩個湯碗分別放在他們的餐墊上。

「每一道菜都很精緻，令人食指大動。」正幸對流露出笑容。

「和菓子才是真正費工夫。只要能夠買到好的食材，味道就差不到哪裡去，很輕鬆啦。」

「你太客氣了。我們只是搗搗麻糬、炒豆沙而已，根本不可能像你這樣自在地運用各種食材。」

流和正幸都很謙虛，稱讚著對方。

「請問還有炊飯嗎？」正幸小心翼翼地問。

「還有很多。」流回答。

「你也太厚臉皮了，怎麼可以提出這種要求？」良枝瞪著正幸說。

「坂本太太，客人吃得越多，廚師越高興。妳要不要也再來一碗？」

流看向良枝的年菜套盒。

「我已經吃飽了。」良枝用手掌蓋住了套盒。

流走回廚房後，他們仍然繼續吃著。正幸喝了一口味噌湯，看著良枝說：「我們有多久沒有像這樣坐在一起好好吃美食了？」

「已經很久了，久得都不記得了。」良枝露出空洞的眼神看著半空。

「我下定決心了，就請他們幫忙尋找。」正幸用力抿起嘴巴。

「太好了。」良枝露出了放鬆的表情。

他們夫妻倆把年菜套盒內的菜吃得一乾二淨，喝著茶，心神不寧地看向廚房。

「不好意思，讓你們久等了，我備料耽誤了時間。」流忙完手上的工作後，從廚房走了出來。

「是因為我們不請自來，造成了你的困擾吧。」良枝低著頭，覺得很不好意思。

「別這麼說，廚師的工作就是讓客人吃飽。看到你們吃得這麼乾淨，我太高興了。我來帶路，請跟我來。」流打開了吧檯旁的那道門。

兩個人跟在流的身後，緩緩走在通往店內深處又細又長的走廊上。

「這就是京都町屋常見的所謂『鰻魚的睡床』格局，我在伏見出生和長大，很少有機會看到這種房子。」正幸轉頭看向後方說。

「這棟房子稱不上是町屋，只是這塊地剛好是這種細長的形狀。」流笑著對正幸說。

「兩側牆上貼的都是你做的料理吧？」良枝好奇地看著貼滿走廊兩側牆壁的照片。

「沒錯，我用這種方式代替做筆記。因為我不擅長把食譜記錄在筆記本上。」

「我們每次推出新的和菓子時，也都會拍下照片，貼在相簿上留作紀念。」正幸停下腳步，把臉湊到相片前仔細打量。

「我向來不擅長整理，所以就用這種方式處理。」流停下腳步，放聲大笑起來。這時，走廊盡頭的門打開了。

「請進。」小石向他們招手。

「接下來就由我女兒處理。」流走回食堂。

「打擾了。」正幸先走進房間，良枝跟在他的身後。

「請坐。」小石請他們坐在沙發上，他們並排坐了下來。

「雖然有點麻煩，但是請你們填一下。」小石在對面坐下後，把委託書放在茶几上。

「妳來寫，我的字太醜了。」正幸把夾了原子筆的板夾交給了良枝。

良枝把板夾放在腿上，沙沙沙地填完之後，又放回了茶几。

「坂本正幸先生和良枝太太，經營一家和菓子店，店名『香甘堂』，一定是間老字號的和菓子店吧。」小石的手指在良枝工整的文字上移動。

「昭和三年（譯註：一九二八年）創業，在京都，如果沒超過一百年，都稱不上是老字號。」

小石對正幸謙虛的態度產生了好感。

「但是，昭和三年的話……再等十五年，就滿一百年了。有人繼承你們的店嗎？」小石扳著手指計算著。

「我們也是為了這個原因……。」正幸和良枝互看了一眼。

「那就等一下聽你們細說分明，請問你們想要尋找『哪一味』呢？」小石的身體微微向前挪。

「聖誕蛋糕。」良枝語氣堅定地說。

「妳提醒了我，馬上就要聖誕節了。你們要找……蛋糕。」小石有點沮喪地說。

「蛋糕不行嗎？」正幸探出身體問。

「也不是不行，但是我爸爸不擅長做甜點。」小石在筆記本上畫了一個聖誕蛋糕。

「無論如何拜託了。」良枝做出了懇求的姿勢。
「請你們把詳細情況告訴我。」小石坐直了身體。
「六年前，差不多就是目前這個季節，我們的獨生子翔在車禍中喪生了。」正幸開了口。
「真可憐……。請問他當時幾歲？」小石愣了一下後問。
「剛滿十歲。」良枝的聲音很低沉。
「我不知道該說什麼，我相信你們當時一定很震驚。」小石觀察著他們的臉色，字斟句酌地說。
「因為事情發生太突然了，完全搞不清楚是什麼狀況。」正幸回答，良枝頻頻點頭。
「我們的和菓子店位在伏見的御香宮神社附近，離住家還有一小段路程，所以無法同時照顧家裡。我和太太整天都在忙店裡的事，翔總是一個人在家。我母親身體還健康時，都是交由她幫忙照顧，但是自從我母親臥病在床，翔就變成了所謂的『鑰匙兒童』狀態。」正幸低著頭，吞吞吐吐地說明。

「因為他是一個小心謹慎的孩子，所以我們一直很放心他，沒想到他跟著路隊走在放學路上時，被車子撞到了。」良枝接著說了下去。

「原來是這樣啊。」小石勉強擠出這句話。

「當時，發生了好幾件學生走在放學路上遭遇車禍的情況，所以有不少家長都會親自去接送孩子。如果我們也去接送，就不會發生這種事了。這麼一想……。」正幸咬著嘴唇。

「他是被車速過快的車子撞到，即使後悔也沒用。或許原本我們也會遭遇相同的命運，但翔一個人承受了這一切。」良枝好像在說服自己。

「雖然並沒有禁止，但我們在家都只吃和菓子，幾乎很少會吃西點。他當時還是孩子，但是可能顧慮到我們，所以有時候會拿自己的零用錢，去附近的蛋糕店買西點吃。那家店現在已經歇業了。」正幸改變了話題，然後瞥了良枝一眼。

「翔的守靈夜，那家店的老闆娘拿了一個聖誕蛋糕來供他，當時我們才第一次知道，翔有時候去那家店買西點。」良枝用手帕擦拭著眼角。

「請問那家店叫什麼名字？」小石拿著筆，準備做記錄。

「那家店名叫『Cent nuits』。」良枝回答。

「聽起來像是法文。」小石歪著頭，寫在筆記本上。

「在頭七的那一天，我去向老闆娘道謝。那是位在公寓一樓的小店，上了年紀的老闆娘獨自經營。」良枝補充說。

「地點在哪裡？」小石把地圖攤在茶几上。

「這裡是墨染車站，這個是郵局，我記得是在這一帶。」良枝指著河邊的一座寺院。

「老闆娘叫什麼名字呢？」小石改變了話題。

「我太大意了，忘了問老闆娘的名字。在尾七之後，我去送謝函時，那家店就已經收起來了。」良枝回答。

「因為當時六神無主，很多事都沒有好好處理。」正幸補充說。

「那你們要找的聖誕蛋糕是什麼味道呢？」小石握著筆問。

「這……。」夫妻兩人又互看了一眼。

「因為我只吃了一口。」良枝回答說。

「我也幾乎……。」正幸小聲回答。

「太可惜了。」小石嘆著氣說。

「因為我們覺得那是翔的供品，不可以吃掉，更何況當時根本沒有心情吃聖誕蛋糕。」正幸注視著地圖上的某一點。

「雖然我能夠理解你們的心情。」因為完全沒有任何線索，小石有點沮喪。

「看起來就是普通的聖誕蛋糕，海綿蛋糕上用鮮奶油裱花，用很多草莓點綴，但我記得底層的蛋糕有點硬……。」良枝看著半空努力回想著。

「也有翔喜歡的巧克力裝飾，上面寫著聖誕快樂……。」淚水從正幸的臉頰滑落。

「除了外觀，你們是否記得是什麼味道？」小石輪流看著他們兩個人的臉。

「並沒有什麼特別的印象。」正幸歪著頭。

「因為我只吃了一口，所以無法說得很明確，只記得鮮奶油有水果的香氣，讓人感到溫馨療癒。」良枝瞇起了眼睛。

「供在那裡的時候，一直聞到飄出來的香氣。」正幸接著說。

小石停下了正在做筆記的手，一動也不動地思考著。良枝和正幸露出不安的表情注視著小石的臉。

「我這麼說，或許有點失禮……。」小石開了口，他們兩個人都探出身體。

「你們根本不記得味道，即使找到了，你們也不知道味道是否跟當時相同。我覺得這不是沒什麼意義嗎？」小石委婉地表達自己的意見。「為什麼經過了六年時間，你們現在想要找當時的聖誕蛋糕呢？」

房間內陷入了短暫的沉默。

「因為我們想要做個了斷。」良枝看著茶几，小聲嘀咕著。

「我們想要吃著當時的聖誕蛋糕，一起為這件事做個了斷。」正幸補充說。

「了斷？是讓這件事到此結束的意思嗎？你們的意思是，想要忘記已經去世的兒子嗎？」

「我們怎麼可能想要忘記他？更何況，無論發生什麼事，都不可能忘記。」正幸眼眶濕潤，語氣堅定地說。

「但是，我們覺得不能一直沉浸在傷痛中。」良枝也接著說。

「不能一直這樣下去……。不可以這樣。」正幸加強語氣說道，似乎在告訴自己。

三個人都沒有說話。

「我是『香甘堂』的第四代。」正幸用沉重的語氣開口，打破沉默。

小石等待他的下文。

「再這樣下去，這家店恐怕會在我的手上結束。在兩、三年前，我覺得這樣也無所謂，即使在我這一代結束營業，祖先也會原諒我。」正幸仰頭看著天花板。

「但是有個大學生，明明是男生，卻很喜歡吃我們家的和菓子，經常來買。他今年春天要從京南大學畢業……。」良枝看向正幸，示意他接著說下去。

「克也真的很愛和菓子，每個星期都會來買一次。就在半個月前，他在轉身離開時，提出想在我們店裡學做和菓子。」正幸臉上露出一絲開朗的表情。

「他應該真的很愛和菓子，才會提出這種要求。」小石也附和著。

「他從京南大學這麼知名的大學畢業，應該可以在很多大企業找到工作，所以我覺得這個孩子很獨特。」正幸露出了笑容。

「如果只單靠我們兩個人，不知道這家店能夠撐多久，覺得看不到未來……。」良枝接著說明。

「他叫什麼名字？」

「麻生克也，今年二十二歲。」良枝聽了小石的問題，不加思索地回答出來。

「所以，你們以後會讓這位克也同學成為和菓子店的第五代繼承人嗎？」小石直視著他們的眼睛問。

「現在還言之過早，但是必須在想清楚這個問題的基礎上，決定要不要讓他來當學徒。老實說，我們猶豫不決，總覺得好像背叛了翔。」正幸嘆了一口氣。

「我們並不認為能夠馬上找到答案。」良枝坐直了身體。

「所以如果真的找到了，你們希望吃了聖誕蛋糕後，就能夠下定決心嗎？」小石丟了一個直球。

「不知道。」正幸和良枝同時搖著頭。

「……」小石不知道該怎麼回答。

「也許妳無法理解，但其實這半個月以來，我們苦思了很久，最後想到了這個蛋糕，所以無論如何都想要拜託你們。」正幸深深地鞠躬，良枝也慌忙跟著鞠躬。

「我瞭解了，我會把你們的想法告訴我爸爸。」小石闔起了筆記本。

「拜託了。」他們兩個人一起鞠躬。

三個人一起走回食堂後，流立刻笑容滿面，似乎已經在等他們。

「有沒有問清楚了？」

「我們已經充分說明了內心的想法。」良枝笑著回答。

「那就太好了。」

「這次不是普通的難題，而是超級大難題。」

流前一刻還露出鬆了一口氣的表情，聽到小石這句話後，神色立刻緊張起來。

「不好意思，委託你們這麼艱困的難題。」正幸鞠躬道歉。

「雖然我還不瞭解狀況，但一定全力以赴。」

「拜託了。」良枝向流鞠了一躬。

「小石，有沒有約好下一次的時間？」

「我忘了。不知道兩位兩週後的今天方便嗎？」小石看著他們問。

「兩週後的今天，不就是平安夜嗎？這種日子來打擾，會不會造成你們的困擾？」

流看向牆上的月曆說：「我們沒問題……。」

夫妻兩人互看了一眼，點了點頭後，轉頭看向小石。

「年輕人會不會覺得很困擾？」良枝問。

「妳不必擔心她，她每年都在家裡和我一起吃火鍋。」

「爸爸，你不必多嘴，但是真的不必擔心我，我完全沒有任何活動。」

小石擠出了笑容。

「今天的餐費多少錢？」良枝從手提包裡拿出皮夾。

「到時候和偵探費一起支付就好。」流回答說。

「那就麻煩你們了。」良枝鞠躬說。

「拜託了。」正幸說完後，兩個人一起走出了食堂。

「兩位路上小心。」流和小石站在門口送他們。

「又降溫了。」流抬頭看著冬天的天空，然後對著雙手哈氣。
「這次可能是到目前為止最難的任務。」小石跟著流走回食堂。
「是要找什麼？」流問。
「聖誕蛋糕。」
「聖、聖誕蛋糕？」流驚叫起來。
「還是拒絕他們比較好？」小石闔起了剛才翻開的筆記本。
「妳在說什麼啊？我會不計一切代價找到。到底是什麼樣的蛋糕？」
流拿起了筆記本。
「『Cent nuits』嗎？看來我要先學法文才行。」流坐在鐵管椅上翻了起來。
「我覺得不要找到比較好。」小石嘀咕著。
「為什麼？」流低頭看著筆記本問，小石簡單向他說明了情況。
「我說小石啊」流抬起頭，打斷了小石，「我們的工作，就是為客人尋找他們委託的『那一味』，至於之後的發展，就由不得我們操心了，只能交給上天。」

小石聽了流的話，用力點了點頭。

從踏出家門到京都車站，一路上都在播放聖誕歌曲，正幸和良枝發現自己的手指和腳都情不自禁地打著拍子，忍不住苦笑起來。

「你還記得翔發現聖誕老人就是你的那一次嗎？」良枝沿著七條通往北走。

「那次真的太傻眼了。任何人聽到五歲的小孩說『原來聖誕老人就是爸爸』，都會驚惶失措吧。」正幸露出了無憂無慮的笑容。

「他竟然在你把禮物放在他枕邊時，偷偷睜開眼睛看你。說起來，也很像是那孩子會做的事。」良枝說完，抬頭看著「鴨川食堂」。

二樓窗前似乎隱約看到一棵聖誕樹。蕾絲窗簾內的聖誕樹上，可以看到五彩繽紛的聖誕裝飾。

「那孩子真的很聰明。」正幸也看著窗戶，然後抬頭看向被厚雲遮住的天空。

一隻虎斑貓不知不覺地跑到他們的腳邊，喵地叫了一聲。

「你是哪一家的貓咪？」良枝蹲下來摸著貓的頭。

「這是我家的貓，因為整天都在打瞌睡，所以就為牠取了瞌睡這個名字。」小石從店內走出來，在良枝身旁蹲了下來。

「上次來的時候沒看到牠，也完全沒聽到牠的叫聲。」正幸歪著頭，納悶地說。

「因為我爸爸說，我們是做吃的生意，不能讓貓進來，所以只能請鄰居幫忙照顧。」小石把瞌睡抱了起來。

「我們家也一樣。因為我們的住家和店面不是在同一個地方，原本以為沒關係，但我爸爸說，萬一和菓子沾到狗毛怎麼辦，所以只能放棄養狗了。因為我記得這件事，所以翔撿了小狗回來時，我也……。」正幸聲音變得很低沉。

「外面很冷，趕快進來吧。」小石把瞌睡放在門口，打開了拉門。

「瞌睡，一會兒見嘍。」正幸先走進食堂，良枝依依不捨地輕輕揮手，也跟著走了進來。

「空氣中有甜甜的味道，好像走進了蛋糕店。」正幸一走進食堂，臉上頓時露出了笑容。

「最近客人也忍不住問，這裡是不是要改賣糕餅了？」小石笑著說。

「因為我從早到晚都在烤蛋糕。歡迎兩位再度光臨。」流從廚房走了出來。

「真的很抱歉。」良枝把大衣摺起後，向流鞠了一躬。

「千萬別這麼說，這是我重要的工作。請坐。」

他們聽從了流的建議，坐了下來。

「我要打造出聖誕氣氛，這是我的工作。」小石把紅色格子桌布鋪在桌子上。

「小石，妳是不是忘了聖誕樹？」

「真的忘了，我馬上去拿。」小石吐了吐舌頭，小跑著進廚房，隨即聽到衝上樓梯的腳步聲。

良枝想起了剛才隔著窗戶看到的聖誕樹。

「我雖然找到了你們想要的聖誕蛋糕，但是花了不少時間才終於有辦法重現。因為我以前從來沒有烤過蛋糕，今天早上，好不容易做出了相同的蛋糕。我馬上就去準備。」流說完後，掀開暖簾，走進廚房。

寂靜的食堂內，響起了衝下樓梯的聲音。

「不好意思，忙得一團亂。」小石雙手抱著聖誕樹回到店裡，尋找著放聖誕樹的位置。

「不好意思，讓你們費心了。」正幸站了起來。

「機會難得嘛，那我就放在坂本先生旁邊。」小石從坂本先生後面繞過去，把樹靠在牆上。

「我們相隔多年之後，今年也放了一棵聖誕樹，真的很棒。」良枝瞇著眼睛說。

「請問你們要喝什麼？咖啡還是紅茶，也可以為你們準備日本茶。」小石拉了拉桌布問。

「請給我們茶，因為咖啡和紅茶都喝不慣。」

正幸聽了良枝的話，點頭表示同意。

「開和菓子店的人都只喝日本茶嗎？」

「如果是傳統店家，十之八九是這樣，但是那些走時尚風的和菓子店，可能情況就不太一樣了。」正幸一臉苦笑著回答了小石的問題。

「小石，小盤子準備好了嗎？」流雙手捧著裝了聖誕蛋糕的銀盤，站在桌旁問。

「因為是蛋糕，所以要用西式餐盤吧？」

「用Ginori的白色盤子，記得把叉子一起拿過來。」流把聖誕蛋糕放在他們面前。

「這就是那時候的……。」正幸整個人湊到蛋糕面前打量著。

「這就是大島聰子女士供在翔靈前的聖誕蛋糕。」流目不轉睛地注視著蛋糕。

「這個味道……，我記得。」良枝用力嗅聞著。

「我覺得配焙茶比較好，還是你們想喝綠茶？」小石把益子燒的陶土壺放在桌子上。

「焙茶就好。」正幸輕輕笑了笑。

「我把刀子放在這裡，你們可以隨意享用。」流把銀盤夾在腋下，鞠了一躬說。

「茶壺裡的茶裝得很滿，如果喝完了，請隨時告訴我。」小石把茶倒進唐津燒的茶杯後，走回了廚房。

良枝和正幸面對面坐著，看著蛋糕，一動也不動。

直徑二十公分左右的蛋糕上有滿滿的白色鮮奶油，上面放滿了草莓，還有聖誕老人形狀的翻糖人偶，星型巧克力片點綴其中。

「就是這樣的蛋糕。」

「的確就是這樣的蛋糕。」他們看著蛋糕出了神。

經過了大約三分鐘後，正幸拿起了蛋糕刀，似乎下定了決心。蛋糕刀放在蛋糕的正中央，但是他緊緊握著刀子，沒有切下去。

「還是妳來切吧。」正幸的額頭微微冒汗，把蛋糕刀交給了良枝。

「真希望翔可以看到，真希望帶給翔看。」良枝握著蛋糕刀，眼角流下了淚水。

「我們直接把蛋糕帶回家，供在佛壇上。供完之後，我們再一起吃。我沒辦法在翔品嘗之前，吃這麼好吃的蛋糕。」正幸流下了大顆的淚珠。

「對了對了，剛才忘了告訴你們。」流從暖簾的縫隙中探出頭。

良枝正打算開口，流搶先說道：「我另外準備了一個，給你們帶回去供在佛壇上，所以現在可以放心吃。」

流說完之後，又把暖簾放了下來。

「他好像什麼都預料到了。」正幸用手指擦拭著眼角。

「那我們就不要辜負他的心意開動吧。」良枝將蛋糕刀切了下去。

蛋糕刀順利切開了鮮奶油、海綿蛋糕，但是切到底部時，必須很用力。

「蛋糕底部的蛋糕質地似乎特別硬。」良枝把切下的蛋糕裝在兩個盤子中。

「好香啊，簡直難以用言語形容。」正幸拿著叉子，把鼻子湊近手上的盤子。

「真好吃。」先吃了一口的良枝叫了起來。

「真的欸，太好吃了。」正幸吃著蛋糕，露出了滿面笑容。

「就是這個味道。」

「的確就是這個味道。」他們仔細打量著蛋糕的剖面。

「怎麼樣？是不是一樣呢？」流拿著京燒的茶壺，站在他們身旁問。

「不瞞你說，我幾乎記不起來當時的味道，不知道是不是一樣。但是，我覺得就是這個味道。」正幸連續點了好幾次頭。

「我漸漸回想起當時的記憶了，香氣、味道和咬在嘴裡的感覺，都和那時候的蛋糕……。」良枝閉上了眼睛。

「太好了。」流換了茶杯，為他們倒了綠茶。

「你是怎麼找到的？」正幸拿著手帕，擦了擦嘴。

「起初我有點輕敵，以為反正都在京都，一定很快就可以查到，沒想到竟然這麼難。」流拿著茶壺微笑著說。

「我知道，因為我們也在那家店附近打聽了一下，但是沒有人知道她的消息。」正幸請流坐下來。

「她也沒有加入糕餅工會，完全無法從這方面找到任何線索。正當我一籌莫展時，突然對店名產生了好奇。」流在鐵管椅上坐了下來，把筆記本放在桌上。

「我爸爸對法文一竅不通，是我負責調查的。」小石從廚房走出來，站在流的身後。

「謝謝妳這麼幫忙。」良枝對著小石點頭道謝。

「據說『Cent nuits』代表一百個夜晚的意思。我覺得取『百夜』這個名字很獨特，然後突然想到，那家店位在伏見的深草，說到深草，就想到深草少將，然後就覺得店名是不是取自《百夜訪》。」流把有兩座紀念塔的照片放在桌子上。

「《百夜訪》是出自小野小町傳說的故事，和能劇《小町訪》的結局不太一樣。」正幸拿起照片，好奇地打量著。

「在《小町訪》中，小町和少將都因為佛緣之故而得救，故事背景也是發生在洛北，所以應該和深草的店名無關。」

「但是，這只是你的推測，不是嗎？」良枝一臉詫異地問。

「我爸爸的直覺幾乎每次都中。」小石得意地說。

「的確只是我的推測」流苦笑著繼續說，「但這是一個悲傷的故事。小野小町對愛上她的深草少將說，只要他連續一百個晚上造訪，她就願意嫁給深草少將。於是深草少將就每天造訪，沒想到在第九十九個夜晚，他在雪中凍死了。大島聰子女士就是用這個名字作為店名。」流感慨地說。

「你怎麼知道她叫大島聰子？」正幸探出身體問。

「我從剛才提到的百夜和九十九夜得到了靈感。」流把京都的旅遊導覽書放在桌上。

「當我苦於找不到線索，坐困愁城時，隨手翻了這本書，找到了一家讓我很感興趣的店，那是名叫『Tsukumo Nuit』的蛋糕店。」流指著介紹京都御苑周邊商店的那一頁說，良枝和正幸一臉驚訝的表情。

「Tsukumo 就是九十的意思，所以這家蛋糕店的店名是『九十九夜』。」小石插了嘴。

「我猜想這兩家店一定有什麼關係，於是造訪了那家店。去了之後發現，我果然猜得沒錯。在法文中，pâtissière 代表女性甜點師的意思。這家『Tsukumo Nuit』，有一位甜點師叫大島香織，她是大島聰子的孫女，之前有時候會去『Cent Nuit』幫忙。」流把一張照片放在桌上。

「沒錯，老闆娘就是這位上了年紀的老婦人，一頭很有氣質的白髮，總是一臉溫和的表情。」良枝拿起了照片。

「香織小姐記得，翔以前每週會去那裡一、兩次，聽子老闆娘似乎很喜歡翔，翔可能是老闆娘理想的聊天對象。」正幸聽了流的說明，眼眶濕潤起來。

「雖然他還是小孩子，但是很擅長傾聽。」

「他和我在一起時，應該也有很多話想說，但總是只會默默聽我發牢騷。」良枝不顧在外人面前，忍不住啜泣起來。

「據說這是美式的蛋糕，這款蛋糕和深草這個地方有密切的關係。」流導回正題，想要趕走感傷的氣氛。

「原來這是美式蛋糕？」正幸問。

「在戰後那段期間，有美國駐軍駐守在深草，據說目前的『龍谷大學』內，就有當時駐軍的司令部，司令部就在舊一號館圖書館的二樓。聽子老闆娘有留學的經驗，英語很好，所以被司令部雇用，在那裡當翻譯。她受到在那裡認識的軍官邀請，去他們家作客時，學會了自家製作蛋糕的方法。她起初只是在自己家裡開設蛋糕教室，差不多十年前左右開了一家小店，每週營業三天。那家店就在學生上下課走的通學路旁的岔路上，翔眼尖地發現了。」流出示了那家店以前的照片。

「蛋糕底部是比司吉，把豬油揉進麵糰，再加入小蘇打，讓麵糰膨脹變得蓬鬆。」小石插嘴說。

「上面的鮮奶油有特別的香氣。」良枝用手指挖起了鮮奶油。

「因為裡面加了桃子果汁，伏見以前是桃子的知名產地，所以留下了伏見桃山這個地名。」

「原來是這樣啊。」良枝聽了流的話，微微點了點頭。

「只差一點就滿一百天了。好不容易累積了這麼多天……，他一定很不甘心。」正幸心有戚戚焉地說。

「雖然願望沒有實現，但是，這份心意深深地打動人心，才會流傳到後世，被人拿來作為店名。」流直視著正幸的眼睛。

正幸默默回望著流。

「要不要來杯熱茶？」小石感到氣氛有點尷尬，於是開了口。

「因為我們想趕快帶給翔，所以差不多該……。」良枝向正幸使了一個眼色，微微站起身。

「沒問題，那你們就趕快帶回去放在佛壇上。」流站了起來，快步走向廚房。

「請連同上次的餐費一起幫我們結帳。」正幸拿出皮夾。

「請將符合你們心意的金額，匯入這個帳戶。」小石把便條紙交給了正幸。

「我瞭解了。」正幸把便條紙摺起後，放在皮夾裡。

「雖然我猜想你們應該不會自己動手做，但我還是把食譜放了進去，那是大島聰子老闆娘留給香織小姐的筆記。另外，有人請我轉交一樣重要的東西。那是翔送給聰子老闆娘的畫，聰子老闆娘裝在畫框中，一直很珍惜。」流從紙袋中拿出一個小畫框，交給了正幸。

「那是我們家的『櫻川』，妳看，畫得真好。」正幸露出興奮的眼神，把畫出示在良枝面前。

「真的欸。以前店裡賣不完的時候，經常帶回去給他吃。」良枝不禁紅了眼眶。

「他當時似乎對老闆娘說，因為沒辦法帶給她真正的和菓子，所以送她這幅畫。」

「『櫻川』這款烤製的和菓子，是上上一代傳下來的，也是我們店裡最受歡迎的商品，名字取自於能劇《櫻川》，伏見的御香宮神社有一個出色的能劇舞台。」良枝流著淚，聽著流說完後，補充了這件事。

「原來他也在為家裡的和菓子店宣傳。」小石語帶哽咽地說。

「這是我的無價之寶。」正幸小心翼翼地把畫框放進了紙袋。

「謝謝。」站在正幸身旁的良枝深深鞠了一躬。

「氣溫越來越低了，今天晚上可能會下雪。」流打開拉門，連吐出來的氣都變成了白色。

「希望可以成為白色聖誕節。」瞌睡跑了過來，小石把牠抱了起來。
「瞌睡，你要保重喔。」良枝摸了摸瞌睡的頭。
「我們明天要去向翔和祖先報告克也的事。」正幸抬頭挺胸地說。
「太好了。」流又重複了這句話。
「非常感謝你們的幫忙。」夫妻兩人一起鞠躬道謝，然後沿著正面通往西走。
「坂本先生。」流叫了一聲，他們兩個人轉過頭。
「世阿彌說得很好，『徒留空屋無為家，家藝傳承才能續』。」
正幸聽了流這句話，在胸前合起雙手。
送走他們夫妻後，小石和流回到店裡。
瞌睡依依不捨地叫了一聲。
「剛才那句好像咒語的話是什麼意思？」小石收起了桌布。
「那才不是什麼咒語，而是室町時代的猿樂藝師世阿彌寫的能劇理論書《風姿花傳》最後出現的一句話。」

「我的法文雖然很厲害，但是，卻對能劇一竅不通。這句話是什麼意思呢？」

「所謂家，並不是血脈相承就能稱為家，而是有人能夠充分傳承家族的技藝或是精神，才能夠說，這個家得以延續。大致就是這樣的意思。」

流收拾了餐具，掀開暖簾，走進廚房。

「坂本先生能夠理解這麼深奧的話嗎？」小石擦桌子時問。

「他們用能劇的劇目作為和菓子的名字，我想一定可以領會。」流站在吧檯內說。

「『櫻川』是什麼樣的故事？」小石收拾完畢後，在吧檯前坐了下來。

「孤兒寡母分隔兩地的悲傷故事。」流把土鍋放在瓦斯爐上。

「光是聽你這麼說，我就快哭了，怎麼可以用這麼悲傷的故事作為和菓子的名字呢？」

「最後那對母子又重聚了，所以是圓滿的結局。」流端著蛋糕，坐在佛壇前。

小石也慌忙地衝進客廳，跪坐在流的身旁。

「掬子一定會去找翔。」

「媽媽，請妳和小翔一起吃蛋糕。」小石合起了雙手。

「我們一家三口，從來沒有一起吃過聖誕蛋糕。」流對著佛壇說。

「因為你總是說，年底很忙，都常常不在家。每年聖誕節，都只有我和媽媽兩個人過。」小石感傷地說。

「掬子說蛋糕已經吃夠了，趕快拿酒來。」

「爸爸，你是自己想喝酒吧？」

佛壇前，響起了父女倆破涕為笑的聲音。

第四道　炒飯

焼飯

因為從事模特兒工作的關係，所以很習慣被人盯著看。

她瀟灑地穿了一件黑色喀什米爾羊毛大衣，一頭飄逸的栗色秀髮，肩上掛著漆皮的名牌包，昂首闊步走在街上。在東京的街頭，完全不會引人注目，但是當她背對著東本願寺，走在兩側有許多佛具店的正面通時，情況就不一樣了。她的外型散發出像寶塚偶像般男性化的灑脫，再加上她身材高䠷，和她擦肩而過的路人都紛紛回過頭。

白崎初子只好微微低著頭走路，當她回過神時，發現已經站在那家店的門口了。一隻虎斑貓喵嗚地叫了一聲，走向初子。

「你就是瞌睡吧？」初子蹲了下來，緩緩摸著瞌睡的頭。

「這不是小初嗎？」鴨川小石從店內走出來，跑向初子。

「好久不見，我今天來這裡，是要找妳爸爸。」初子站了起來，和小石交換了眼神。

「先進來再說，對不起，我們的食堂髒兮兮的。」小石瞄著初子的那身打扮，打開拉門，請她入內。

「瞌睡，等一下再找你玩。」初子向瞌睡揮手。

「我們有幾年沒見了？」小石請初子坐在鐵管椅上。

「雖然我常來京都工作，但我們上次見面……。」初子脫下大衣，看著天花板。

「是不是明美婚禮那一次？初子，妳真的一點都沒變，身材還是那麼好。」小石仔細打量著初子。

「妳也一樣啊，完全是當年西山女子大學的頭號才女。」

「妳別開玩笑了，我現在是這家不起眼小食堂的跑堂阿姨。」小石聳了聳肩。

「謝謝款待，今天的什錦湯麵也很好吃。」背對著她們坐在吧檯座位上的福村浩站了起來。

「謝謝了，阿浩，你是不是沒吃飽？」鴨川流從廚房探出頭問。

「勾芡之後比較不容易餓，這樣剛剛好。」浩微笑著，把五百圓硬幣放在吧檯。

「外面很冷，小心別著涼了。」小石對著浩說。

「小石，妳也要小心別感冒。」浩拍了小石的肩膀兩下，走出了食堂。

「妳男朋友？」初子露出意味深長的眼神看著小石。

「才不是呢，浩哥是一間壽司店的老闆，只是店裡的客人。」小石羞紅了臉。

「小石，妳以前就很愛吃壽司。」初子探頭看著小石的臉。

「我好像聽到了初子的聲音。」流用圍裙擦著手，從廚房走了出來。

「叔叔，好久不見了。」初子向流鞠躬打招呼。

「雖然常在雜誌上看到妳，但是好久沒看到妳本人了。妳還是這麼漂亮，無法想像妳和小石是同學……。」流看了看初子，又看向小石。

「你根本就不該拿我和她比較。對了，小初，妳肚子會不會餓？」小石鼓起臉頰說完後，又問初子。

「因為我看到廣告上寫著『鴨川食堂』，所以就在想，可能有機會在這裡吃到好東西。不瞞妳說，我從早上到現在還沒吃東西。」初子吐了吐舌頭。

「小初是有事來偵探事務所，我等一下會聽她說，爸爸，你先用好吃的東西把她餵飽。」小石加強語氣說。

「那我一定使出渾身解數，為美女做特別好吃的。妳等我一下。」流小跑著回去廚房。

「沒想到妳竟然能夠找到這裡，妳之前來我們家玩的時候，我們還住在紫竹那裡吧？」小石把茶葉放進茶壺。

「在明美的婚禮見面時，妳不是說，妳家搬到了車站附近嗎？」

「因為各種因素，所以我盡量少提這裡的事。」

「我看到《料理春秋》上的廣告，馬上就想到了。『鴨川食堂・鴨川偵探事務所——尋找記憶中的那一味』，絕對就是流叔叔。」初子打量著店內。

「小初，妳的直覺向來很靈。」小石把熱水倒進京燒的茶壺。

「掬子阿姨呢？」

「在裡面的房間。」

「我可以去為她上香嗎？」

「當然可以。」

初子跟著小石來到佛壇前，跪坐在那裡。

「我媽媽一直把妳視為自己的女兒，我是妹妹，妳是姐姐，我們明明同年。」坐在初子旁邊的小石淚水在眼眶中打轉。

「掬子阿姨經常對我說，千萬不能被壞男人騙了。」初子上完香後站了起來。

「她常說什麼小石會去騙人，小初是會被人騙。我哪有那麼壞？」小石氣鼓鼓地說。

「因為我是鄉下孩子，所以掬子阿姨才會擔心我。」

「妳別說笑了，我和妳站在一起，問別人誰是鄉下孩子，一百個人中有一百個人會說是我。」兩個人都放聲笑了起來。

「妳們的笑聲和西女時代一模一樣。讓妳久等了，我準備了美女專用的松花堂便當。」流把有蓋子的黑色漆器便當盒放在桌子上，初子急忙在便當前坐了下來。

「我原本還以為流叔叔只會吃，沒想到你也會做這麼正統的料理。」

「妳可以打開蓋子看一下嗎？」

「我好期待啊。」初子雙手拿起便當盒蓋，尖聲叫了起來。

「好厲害啊！怎麼回事？簡直就像走進了日本料理餐廳，原來這叫松花堂便當。」初子露出興奮的眼神，看著便當盒內。

「我看到妳經常出現在雜誌上，似乎到處享受美食，所以沒什麼自信，不知道是不是合妳的口味。」流雖然嘴上這麼說，但是抱著雙臂，注視著初子的側臉。

「爸爸，你不要看到美女就一直恍神，要好好說明料理啊。」小石催促著說。

「對喔。」流回過神，將視線移向便當盒說：「松花堂原本是裝顏料的盒子，中間不是有十字的隔板，將便當盒隔成田字嗎？左上方是前菜，是若狹打撈的寒鯖做的醋醃鯖魚、日生牡蠣的甘露煮，酥炸豆皮包京都土雞、醋醃被譽為夢幻松葉蟹的間人蟹，浸煮鹿谷南瓜、龍田揚近江牛。每一樣都一口可以吃完。右上方放的是鱈魚乾滷海老芋，在京都，這道菜名叫『芋棒』。我把水尾的香橙皮切成了細絲，妳搭配一起吃，口感會很清爽美味。右下方是生魚片，昆布漬加了少許鹽的若狹馬頭魚，還有用聖護院蕪菁片捲起切成薄片的富山寒鰤魚，妳都可以搭配切成細絲的鹽昆布一起吃。左下方的飯是用甲魚高湯煮的，味道很淡，妳可以當成白飯吃。小酒杯中裝的是薑汁，如果妳喜歡生薑，可以加進去，有助於提味。今天的是白味噌湯，裡面加了小米麩。妳慢慢享用。」流一口氣說明完畢，把托盤夾在腋下。

小石輕輕拍了拍初子的肩膀，走回了廚房。

初子雙手放在腿上，目不轉睛地注視著便當。

正在門外的瞌睡輕輕叫了一聲。

她端詳了兩分鐘左右，終於合起雙手，再拿起了筷子。她最先吃了昆布漬馬頭魚，她用馬頭魚包起切成細絲的鹽昆布，放了少許山葵，送進了嘴裡。

「真好吃。」她情不自禁說道。當她把龍田揚放在用甲魚高湯煮的飯上送進嘴裡，臉上不由自主地露出了笑容。

牡蠣甘露煮、醋醃鯖魚、芋棒。無論吃哪道菜，美味都在嘴裡擴散。

「茶喝完了嗎？」小石拿著萬古燒的茶壺，站在初子身旁問。

「謝謝，沒想到叔叔的廚藝這麼好。太好吃了，我被嚇到了。」初子拿起了唐津燒的茶杯。

「妳平時不是經常吃高級的美食嗎？幸好合妳的口味，我和爸爸剛才在裡面很擔心。」小石倒完茶後，對著初子笑了笑。

「我們往往會根據對方吃的東西，來判斷一個人。」

「這件事等一下再聽妳好好聊，現在慢慢享用。要不要來點酒？」小石笑著問。

「那就開喝？」初子用甜美的聲音說。

「妳可是西女首屈一指的酒仙，要直接喝，還是熱一下？」小石拿著茶壺走去廚房。

「那就喝溫酒。」

「好的好的，妳真的還是老樣子。」小石轉過頭說。

初子再次拿起了筷子，夾起了鰤魚的生魚片，捲了白色蕪菁的鰤魚薄片閃閃發亮。她加了滿滿的山葵，又撒了一些鹽昆布才放進嘴裡。海水的香氣和蕪菁清爽的口感渾然一體，好像有一道閃電貫穿了脊髓，她的後背忍不住抖了一下。

「沒想到妳不是喝冷酒，而是喝溫酒，果然內行。我想起妳以前經常來我家喝酒的事。」流拿了備前的酒盅，把青九谷的酒杯放在初子面前。

「那時候給你們添了很多麻煩。」初子拿起酒杯，鞠了一躬說。

「聽到合妳的口味，我也鬆了一口氣，因為都是一些不起眼的家常料理。」流看向幾乎快吃完的便當。

「哪有不起眼？我很少有機會吃到這麼正統的京都料理。」初子一臉認真地說。

「被妳稱讚當然很高興，但是我做的料理稱不上是京都料理，沒有向任何人拜師學藝，全都是用我自己的方式製作。」

「你以前是優秀的警察，現在又這麼會做菜，你根本是超人。」

「我哪有這麼神勇。」流抓著頭。

「你在害羞什麼啊。小初，妳的嘴巴真甜。」小石輕輕戳著流的後背。

「沒有啊，我只是實話實說。」初子嘟起了嘴。

「我們在這裡，初子沒辦法好好吃飯，還是回去裡面吧。」流拉著小石的袖子說。

「如果酒喝不夠，再跟我說。」小石被流拉著進了廚房。

初子拿著青九谷燒的杯子慢慢喝了起來，她感覺到酒流入喉嚨，輕輕嘆著氣。

她拿起筷子，夾起了東寺揚，慢慢品嘗咀嚼著，感受著豆皮的香氣，然後又喝了一口酒。她一邊吃一邊喝，轉眼間，便當盒裡的菜都吃光了。她搖了搖酒盅，發現還剩一點點酒。平時總是料理還沒吃完，就已經先喝完酒了。

初子想起了最後一次和父親一起吃飯的情景。但那是小學時代的事，所以記憶很模糊。那是鄉下地方很少見的高級日本餐廳，還有豪華的大包廂。現在回想起來，應該是父親的公司招待客戶時去的餐廳，父親和上了年紀的女服務生都很熟。生魚片、天婦羅、牛排，雖然那天的每道菜都很高級，但她完全不記得有哪一道菜很好吃。

吃完飯後，父親流著淚，吃著飯後點心的哈密瓜。父親當然知道那一餐的意義，但當時還是小學生的初子完全不知情。初子把玩著已經喝空的杯子，看向了天花板。

「要不要再來一盅？」流把托盤夾在腋下，搖了搖酒盅問。

「我已經喝夠了。」初子合起雙手。

「小石在裡面的房間做準備，妳休息一下，我就帶妳進去。」流把松花堂便當的蓋子蓋了起來。

「謝謝，真的很好吃，並不是我嘴甜舌滑。」初子直視著流的眼睛。

「我知道。妳並不是那種花言巧語的人，叔叔最瞭解這件事。」流也注視著她說。

「經紀公司的老闆總是要我處世圓滑一點。」

「我覺得妳保持自己原來的樣子就好。」

初子低頭看著桌子，細細體會流說的話。

「要不要喝杯茶醒醒酒？」流問她。

「不用了，可以麻煩叔叔帶我進去嗎？」初子站了起來。

初子跟著流，從店內深處來到走廊上。她緩緩邁步，高跟鞋踩在地上發出了聲響。

「請進。」小石打開走廊盡頭的門，對她露出微笑。

「小石，那就拜託妳了。」流接著轉身離開，初子微微鞠了一躬，走了進去。

「這裡是不是比食堂那裡好多了？請坐。」小石指著長沙發說。

「這裡的懷舊風格很不錯，也可以看到院子。」初子打量室內後，慢慢在沙發上坐了下來。

「雖然妳可能覺得我有點一板一眼，但因為我要留下記錄，因此可以請妳填一下委託書嗎？」坐在對面的小石把板夾放在茶几上。

「我好像有點緊張欸。」初子把板夾放在腿上，拿起筆填寫起來。

「我做夢也沒想到，會像這樣和妳面對面坐在這裡。」小石伸長脖子看著初子填寫的內容。

「所長大人，這樣可以嗎？」初子把板夾交還給小石。

「白崎初子小姐，這樣就沒問題了。請問妳要尋找的『那一味』？」

小石翻開了筆記本。

「我想要尋找炒飯。」

「炒飯？妳要找炒飯？」小石瞪大了眼睛。

「很奇怪嗎？」

「因為我以為妳會找那種名媛貴婦吃的食物。」

初子看著天花板嘆了一口氣。

「因為每次看雜誌，妳喜歡的餐廳都是高級的法國餐廳，或是米其林三星的義大利餐廳，全是那種水準的地方。」

「我記得之前曾經向妳提起過，我是在四國的鄉下出生，在十歲之前，都在那裡長大。後來因為家裡發生了一些事，所以我就去了京都的叔叔家。

我想要找的是在我小時候，我媽經常為我做的炒飯。」初子思考著措詞，緩緩向小石說明情況。

「我一直覺得不可以向妳打聽小時候的事，但是，既然要尋找妳說的這道炒飯，就必須問得稍微詳細一點，這樣也沒關係嗎？」小石抬眼看著初子。

「雖然經紀公司的老闆嚴格規定我，不可以說小時候的事，但是我相信妳。」初子坐直了身體。

「我會守口如瓶，並不是因為我是妳的朋友，而是偵探必須保守客人的祕密，所以請妳放心。」

「謝謝。」初子微微鞠躬之後，喝了一口茶杯裡的茶，似乎想要先潤一下喉。

「我是在愛媛縣名叫八幡濱的港口小鎮出生，十歲的時候，我爸爸任職的那家公司倒閉，原本就體弱多病的媽媽可能因為操心過度，就去世了……。」初子的聲音變得低沉。

「如果方便的話，可以告訴我妳父母的名字嗎？」

「我爸爸叫白崎文雄，媽媽叫白崎泰代。」

「妳媽媽去世之後，妳爸爸呢？」

「他在公司任職期間，似乎涉及做假帳，被法院判處了罰金。他可能覺得只能勉強養活自己，於是就把我交給了叔叔，自己去日本各地的工地打零工過日子。」

「他真辛苦。」小石簡短地插了一句話。

「幸好我叔叔和嬸嬸家中沒有小孩，把我視如己出，在成長過程中，完全沒吃過任何苦。因為叔叔家很有錢，所以我去了叔叔家之後，他們在我身上真的是花錢不手軟，我非常感謝他們。」初子抬頭看著天花板。

「我以為妳天生就是好命的大小姐。」

「因為叔叔和嬸嬸都叮嚀我，不要向任何人提起以前八幡濱的事，但是我總覺得好像騙了妳，對不起。」初子對小石鞠躬道歉。

「我完全不在意。先不說這個，妳想找的是什麼樣的炒飯？」

「其實我記不太清楚了，只記得很好吃，和在中國餐廳吃的炒飯完全不一樣。」

「怎麼不一樣？」小石拿著筆問。

「妳問我哪裡不一樣，我也……。」初子想了一下後回答說：「我記得帶有一點酸味？」

「炒飯有酸味？應該不是餿掉了吧？」小石苦笑著。

「不是，吃完之後，嘴巴總有一種很清爽的感覺。」

「是不是加了檸檬汁？外觀看起來是什麼樣的感覺呢？」

「我記得好像有點粉紅色。」

「粉紅色？炒飯是粉紅色？」小石目瞪口呆。

「妳聽我說，炒飯因為加了叉燒之類的材料，通常不是都有點咖啡色嗎？但我吃的炒飯不是那種暗暗的顏色。放學回家後，就會放在客廳的桌子上，用布蓋著。我記得拿起那塊布時，看到的是粉紅色。」

「妳說放在桌上，所以妳媽媽不在家嗎？」

「媽媽好像出門上班了，要到很晚才會回家。」

「所以妳用微波爐加熱後，一個人吃炒飯。」小石在筆記本上記錄。

「一邊寫功課。」初子輕輕笑了笑。

「妳媽媽在什麼公司上班？」

「我隱約記得好像是在愛媛相撲什麼的公司。」初子歪著頭回答。

「愛媛相撲？相撲選手的相撲嗎？那是什麼樣的公司啊。」小石忍不住笑了起來。

「可能是我記錯了。我記得一個人吃晚餐的時候，電視上好像總是在轉播相撲比賽。」初子苦笑著說。

「那先不說這個。妳對炒飯的味道有沒有印象？和普通的炒飯有什麼不一樣？」小石翻了一頁。

「我的記憶很模糊，但覺得好像有魚的味道。我想我媽在炒飯時，應該用魚代替了肉。因為八幡濱是港口城鎮。」

「用魚肉炒飯？有點難以想像。」小石放下了筆，抱著雙臂。

「對不起，給妳出了難題。」

「妳不用道歉喔，我爸會覺得很有挑戰性。但是，妳為什麼隔了這麼多年，又想要找以前吃過的炒飯？」小石注視著初子的眼睛。

初子聽了小石的問題，微微皺起了眉頭，若有所思。過了一會兒，才終於開了口。

「上個星期，有人向我求婚。」

「太好了，小初，恭喜妳。」小石拍著手。

「謝謝妳。」初子低著頭，小聲地說。

「對方是誰？」小石探出身體問。

「他叫角澤圭太。」

「角澤？」

「他是 Square 汽車的專務董事。」初子的臉頰微微泛起紅暈。

「該不會是富二代吧？」小石瞪大了眼睛，初子輕輕點了點頭。

「我之前為 Square 汽車拍廣告，因為這個關係認識了他。」

「小初，太棒了。」小石激動地說。

「但是，我還沒點頭答應。因為他在求婚時，並不瞭解我爸爸之前犯的罪。」初子低頭看著桌子。

「這種事根本沒關係啊，他一定能夠諒解。」

「妳覺得我這個在鄉下貧窮人家長大的罪犯女兒，配得上日本具代表性的汽車廠的接班人嗎？」初子露出難過的眼神。

「雖然是這樣……。」小石越說越小聲。

「因為不可能瞞得了，所以我打算實話實說。」

「這和炒飯有什麼關係？」

「他說想吃我做的菜，左思右想，最後覺得做出我媽的炒飯給他吃，最容易讓他瞭解實際情況。」初子的笑容扭曲起來。

「很像是妳會做的事。」

「因為他知道我每個星期都會去上料理課，所以以為我一定會做法式料理，或是日本料理中的豪華料理。如果我端出炒飯，他一定很驚訝。」

「雖然我不知道該說什麼，但我會努力，希望妳可以幸福。」小石一臉嚴肅地闔起了筆記本。

「謝謝妳。我覺得讓他吃那道炒飯，會是讓他瞭解真正的我的最佳方法。」初子用力抿著嘴，隨即站了起來。

小石邁著有點沉重的腳步走在走廊上，初子默默跟在她的身後。回到食堂，流摺起了手上的報紙，看著小石問：「妳有沒有好好問清楚了？」

「小石問得很詳細。」初子回答了流的問題。

「看妳的表情，這次似乎又是艱巨的任務。」流看到小石愁眉不展的樣子，拍了拍她的肩膀。

「不好意思，委託你們幫我找這麼難的食物。」初子代替默然不語的小石開了口。

「越難越有挑戰性啊，初子，妳完全不必在意。」流挺著胸膛說。

「兩個星期後可以嗎？」小石打起精神問初子。

「沒問題，我想應該還來得及。我在剛才的委託書上寫了電子郵件信箱，妳到時候再通知我。」

「爸爸，你要好好加油。」小石瞥了流一眼說。

「我一定全力以赴尋找。」流對初子露出了笑容。

「拜託了。」初子深深鞠躬後，打開了拉門。

「初子，妳忘了拿東西。」流把黑色大衣遞給已經走出食堂的初子。

「我又闖禍了。」初子接過大衣，吐了吐舌頭

「人不可貌相，妳還是和以前一樣丟三落四。」小石輕輕笑著說。

「瞌睡，下次再來看你喔。」初子摸了摸跑到她腳邊的瞌睡的腦袋。

「妳等一下有什麼安排嗎？」流問初子。

「晚一點還有工作，所以我要趕回東京。」初子在說話時，伸手攔下了剛好路過的計程車。

「妳真忙啊，偶爾可以在京都好好放鬆一下。」小石語帶惋惜地說。

「我也很想找時間回家裡看看。」初子坐上車時說。
「回去的路上要小心。」流對她說。
初子向他們點頭示意，計程車緩緩開走了。
流和小石送初子離開後，回到了店裡。

「妳在想什麼？」
「我在煩惱到底該不該幫她找。」小石把大致的概況告訴了流。
「既然已經接受了委託，那就只要全力以赴尋找，至於接下來要怎麼處理，初子自己會考慮，妳再怎麼煩惱也沒用。」流語氣堅定地說。
「有道理，無論如何，要先開始行動。」小石一臉神清氣爽，把筆記本交給了流。
「炒飯喔。我們很久沒吃了。」流緩緩翻著筆記本，手指在記錄的內容上移動。
「有魚味的粉紅色炒飯，是不是真的很難？」小石站在流的身後，指著筆記本說。

「八幡濱啊，那裡的魚貨量的確很大，但會在炒飯時加魚嗎？」流歪著頭感到納悶。

「會不會是加了鮪魚或是鰹魚之類紅色的魚肉？」

「但是熟了之後，魚肉就會變深，不是粉紅色。」流苦笑著說。

「還是加了醋醃生薑之類的？就是吃壽司時的那種薑片。」

「如果是加薑片，不會有魚的味道。總之，我會去八幡濱一趟。」流闔起了筆記本。

「爸爸，你向來都很重視實地考察，那就交給你了。」小石拍了拍流的後背。

初子向來不喜歡所謂「戰鬥服」這種輕浮的詞彙，但是那種摩拳擦掌的心態倒是差不多。她今天換了一件紅色大衣，也換上了深紅色的皮包搭配。初子看到了目的地的那棟房子，稍微放慢了腳步。

「瞌睡，我又來了。」初子蹲了下來，摸著瞌睡的喉嚨。

「瞌睡，不要把小初的衣服弄髒了。」小石打開拉門走了出來。

「別擔心，瞌睡很乖。」初子站起身時，輕輕拍了拍裙襬。

「我爸爸已經等不及了。」小石推著初子的後背。

「我好緊張。」初子摸著胸口，深呼吸後，走進了店內。

「歡迎光臨。」流面帶笑容迎接她。

「今天就麻煩叔叔了。」初子語氣生硬地向流打招呼。

「京都很冷吧。」小石問脫下大衣的初子。

「我覺得京都的冷和東京的冷不太一樣，但是今天並沒有很冷。」

「我已經準備好了，隨時可以上菜。」流端了茶上來。

「謝謝，先給我一點時間做心理準備。」初子肩膀起伏了好幾次，用力喘息著。

「要不要喝點酒？」小石看著初子的臉問。

「等一下再喝比較好。因為我希望初子回到小時候。」

「我準備好了，麻煩叔叔了。」初子調整呼吸後，坐直了身體。

「三分鐘後就送上來。」流走進了廚房。

初子閉上眼睛，噘起了嘴巴。

不知道是否冬天乾澀的空氣吹進了店內，坐在店堂內，可以聽到廚房裡微小的動靜。初子聽到微波爐發出「叮」的聲音，接著是微波爐的門打開和關上的聲音。

「完成了。」流小跑著，用鋁製托盤把炒飯送了上來。

「為了重現妳小時候吃炒飯時的場景，我用微波爐重新加熱。盤子非常燙，小心別被燙到。」一個白色圓盤放在初子面前，旁邊則放了一根湯匙。包住盤子的保鮮膜內積滿了熱氣，只能隱約看到盤子裡的東西。

「我可以掀開保鮮膜了嗎？」初子抬頭問，流用力點了點頭。

「比起我幫妳，還是妳自己拿掉保鮮膜比較好吧？」

初子笑著回應了流說的話，掀開保鮮膜後，熱氣一下子撲面而來。

「妳慢慢吃。」流向小石使了一個眼色，父女兩人一起走回了廚房。

「開動了。」香氣隨著剩餘的熱氣飄了過來，初子用鼻子使勁嗅聞，接著用湯匙淺淺舀了一小匙炒飯，慢慢送進嘴裡。

她閉上眼睛，咀嚼起來。咀嚼了十次左右，用力點了點頭。

「就是這一味。」初子急忙一口接一口吃著炒飯。

「好吃。」初子吃了一大半後，小聲嘀咕著。

「怎麼樣？是不是妳要找的味道？」流拿著有田燒的茶壺，站在初子身旁。

「對。」初子小聲嘀咕著回答。

「是嗎？太好了。我做了很多，妳也多吃點。」流對初子說，在她的茶杯裡倒了茶。

「叔叔，這……。」

「妳先好好吃，我們等一下再聊。」流制止初子繼續說下去，隨即又走回了廚房。

初子重新拿起湯匙，這一次，她細嚼慢嚥地品嘗炒飯。一匙又一匙，很珍惜地放在舌尖上。當她吃了一口又一口時，年幼的記憶清晰地在腦海中甦醒。

放學回家的路上，同學嘲笑她是「高個子男人婆」，她哭著走回家。用鑰匙打開門，走進家門時，看到一隻大蜘蛛，嚇得魂不守舍。大雨的日子，她獨自在家，房子突然漏雨，她急忙去找了水桶。媽媽整天要她穿紅色衣服，她很不想穿。但是，並不是只有痛苦的回憶，還有全家人一起去諏訪崎看夕陽，還去了喜木川賞櫻。

多年以來，她要求自己封閉在內心的往事頓時浮現在眼前。

當她回過神時，發現盤子已經空了。

「不好意思，我要再來一碗。」

流露出滿面笑容，從廚房走了出來。

「太令人高興了，妳要再吃一碗嗎？」

「我覺得吃再多都沒問題。」初子也露出相同的笑容。

「叔叔聽到妳這麼說就放心了。」流把空盤子放在托盤上，轉身走回廚房。

初子想起小時候，她想要再吃一碗，但找遍了整個廚房。冰箱內、廚房裡，甚至搬來小凳子，找了頂櫃，仍然找不到，最後總是只能喝水充飢。

「我只裝了剛才一半的分量，如果吃不夠，再跟我說。」流把炒飯放在初子面前。

「謝謝，我想這些應該夠了。」初子拿起湯匙，舀起了炒飯。

「妳吃得很香，是不是回到了小時候？」流瞇起了眼睛。

「我已經有很多年沒吃這麼多了，我從剛才就感到很不可思議，怎麼會一直停不下來。」

「只有小孩子看到好吃的食物，會拋開一切悶著頭吃。等到長大之後，就會在意健康、減肥之類的事。初子，妳的確找回了童心。」流的眼睛瞇得更細了。

「你怎麼找到這道炒飯的？現在可不可以告訴我了？」初子吃到一半時問流。

「要不要喝一杯？」流做出喝酒的動作，初子笑了笑。

「我就知道，所以事先準備好了。」小石從廚房走了出來，漆器的托盤上有一個信樂燒的大酒盅和三個酒杯。

「每次這種時候，妳就特別機靈。」流在初子的對面坐了下來。

「能夠找到妳要的炒飯真是太好了，我也鬆了一口氣。」小石舉起杯子，流和初子也跟著拿起了酒杯。

「我去了一趟八幡濱。」流喝完了杯子裡的酒後開了口。

「謝謝你特地去那麼遠的地方。」初子向流鞠了一躬。

「很可惜，我沒遇到任何認識白崎先生的人，但是我打聽到妳媽媽以前打工的公司。現在那家公司已經倒閉了，那是一家名叫『愛八食品』的公司，是日本最初推出魚肉香腸的公司。我得知這件事後，霎時恍然大悟，原來這就是粉紅色炒飯的原因。妳吃了之後，應該也知道了吧。」流從塑膠袋中拿出了魚肉香腸，出示在初子面前。

「我記得冰箱裡好像有……。」初子在回憶中尋找。

「這是我在當地買回來的。我問了肉店老闆，他說這個品牌最接近當時的味道。除此之外，還有另一樣粉紅色的東西。」流把那樣東西放在香腸旁，小石和初子同時叫了起來。

「那是什麼？」

「這叫魚板片，是八幡濱的名產，和柴魚片一樣，只不過這是用魚板削成的薄片。乾燥的魚板不容易壞，那是以前沒有冰箱的時代想出來的方法。通常都加在散壽司中，但是妳媽媽加在炒飯裡。直接吃也是很不錯的下酒菜。」流打開袋子，拿了出來。

「原來並不是只有魚肉香腸而已。」初子也拿起了魚板片。

「兩者都是用魚做的，所以炒飯才會有魚的味道，而且是漂亮的粉紅色。」小石把魚板片放在手掌上。

「接下來的事，都只是我的想像。我想妳媽媽一定希望妳更像女孩子一些，所以為妳做了粉紅色的炒飯。因為妳個子很高，感覺很中性，在鄉下地方一定會引人側目。妳小時候是不是遭到了霸凌？」

初子露出了回想往事的空洞眼神。

「有媽媽真好。」小石的眼眶紅了。

「至於炒飯的味道，我猜想她用了梅子昆布茶。妳說炒飯酸酸的，但是吃完之後，口感很清爽，所以我就想到了這個可能性。因為使用了梅子昆布茶，也可以同樣呈現粉紅色。」流出示了裝在罐子裡的梅子昆布茶，初子用力點了點頭。

「至於米飯，任何米都可以。我準備了所有的材料，也寫了食譜，只要按照食譜，就可以做出來。妳一定能做出來給他吃。」流把紙袋交給了初子。

「謝謝。」初子接過袋子，站了起來。

「妳不用急著走，要不要和我們一起吃晚餐？」小石慌忙站了起來。

「對不起，今天等一下也還有工作，而且我想在回去之前，去為叔叔掃墓。」初子開始收拾東西，準備離開。

「隨時歡迎妳再來，我會做好吃的等妳。」流說。

「謝謝，我上次忘了付餐費，加上這次的偵探費，總共要多少錢？」初子從皮包裡拿出紅色漆皮錢包問。

「偵探費由客人決定，請將符合妳心意的金額匯入這個帳戶。」小石把便條紙交給初子。

「好，我一定充分表達心意。」初子摺起便條紙，收進了錢包。

初子走出食堂外，瞌睡叫了一聲，跑到她的腳邊。

「瞌睡，謝謝你，我改天再來看你。」初子把瞌睡抱了起來，摸了牠好幾次。

「你會把初子的高級大衣弄髒。」流戳著瞌睡的肚子。

「謝謝你們。」初子放下瞌睡後，向他們父女鞠躬道謝。

「要不要幫妳叫計程車？」小石伸長脖子，在正面通張望。

「走到烏丸通，應該可以攔到車子。」初子沿著正面通往西走。

「保重身體。」

初子聽到流的叮嚀，微微欠身，然後邁開了大步。

「模特兒果然不一樣，走路都有風。」流瞇起了眼睛。

「小初。」小石大叫一聲，初子停下腳步，轉頭看她。

「妳要幸福喔。」小石把手放在嘴邊，做成大聲公的樣子。

「謝謝。」初子大聲回答，揮了好幾次手，繼續往西走。

確認初子走遠後，流和小石回到店裡。

「不知道結果怎麼樣？」一走進店內，小石就忍不住問。

「哪件事？」流開始收拾桌子。

「還用問嗎？當然是她和角澤先生的婚事。」小石用抹布擦著桌子。

「無論是什麼樣的結果都好，上天會有最好的安排。」流搖了搖已經喝空的酒盅。

「比起和服，小初穿婚紗應該更漂亮。」小石抱著雙臂。

「妳這麼矮，應該比較適合穿和服，然後梳文金高島田的髮型。」流坐在吧檯前，翻開報紙看了起來。

「得先找到結婚的對象啊。」小石在流身旁坐了下來。

「好久沒去阿浩店裡吃壽司了，今晚要不要去？」

「真的嗎？」小石露出興奮的眼神。

「如果妳再不出嫁，掬子會很擔心。」流走去客廳，往佛壇走。

「是嗎？我覺得媽媽反而更擔心你孤單一個人。」小石也跟著流走向佛壇。

「除了小石以外，妳也要保佑初子。」流在上香時對掬子說。

第五道　中華湯麵　中華そば

千萬別在夏天去京都。雖然小野寺勝司經常這麼對別人說，正值盛夏的此刻，他卻在ＪＲ京都站下了車，所以他也只能自嘲了。

三十多年前，他在京都度過了四年的大學生活，受夠了京都夏天的酷暑和冬日的嚴寒，尤其是好像黏在皮膚上的那種帶著濕氣的酷熱，讓人感到渾身不舒服。街道的景象可以說依然如故，但又好像完全變了樣。只有一件事沒變，那就是京都始終是個不可思議的城市。

他在八條口搭了計程車，經過勾勒出和緩弧度的高架橋，不一會兒，就在左側看到了知名拉麵店前大排長龍。目前這家拉麵店已經成為大型連鎖店，甚至推出了自家的泡麵。小野寺回想著，不時懷念以前在京都時吃的拉麵味道，隔著後車窗，頻頻回頭看向那家拉麵店。

沿著烏丸通北上，當東本願寺出現在左側時，計程車向右轉。

「是不是在這附近？」計程車司機放慢了車速，向馬路兩側張望。

「請你找個地方停車，我下車後自己找就行了。」小野寺抱著黑色波士頓包，下了計程車。

「這裡是正面通，背對著東本願寺……，所以是這裡？」小野寺自言自語著，看了看眼前那棟兩層水泥房子和手上的地圖。

這棟房子既沒有招牌，也沒有掛商家的暖簾，任何人都會以為只是普通的民宅而走過去，但應該就是他要找的「鴨川食堂」。

小野寺用力打開了鋁製的拉門。

「請問這裡是『鴨川食堂』嗎？」小野寺戰戰兢兢地走進門內，問店內一名看起來像是店員的年輕人。

「對，請問你要用餐嗎？」

「我也想要用餐，但我想委託你們幫我尋找『那一味』。」小野寺遞上了名片。

「請坐。如果你是要來找偵探，相關業務由我負責。我叫鴨川小石，這家食堂是我爸爸開的。」鴨川小石鞠了一躬說。

小野寺得知眼前這名年輕女子是偵探，感到很意外，有點不知所措。

「有客人嗎？」身穿白色廚師服的男人從廚房走出來。

「他要來找偵探，但也要吃飯，對吧？」小石轉頭說，小野寺向流遞了名片。

「小野寺先生，初次上門的客人，我們只提供主廚特選餐，你可以接受嗎？」鴨川流瞥了一眼名片後對他說。

「正合我意。」小野寺鬆了一口氣，放鬆了臉上的表情。

雖然這位父親一臉柔和的表情，但舉手投足和說話都無懈可擊。小野寺猜想，儘管表面上說是女兒負責偵探工作，但他才是實質的偵探。

「我馬上就去準備，請等一下。」流轉身走進廚房。

小野寺坐下之後，再度打量店內。店內沒什麼客人，只有一名女性客人。身穿和服的老婦人坐在最裡面的餐桌旁，按照茶道的禮儀，在吮吸抹茶時發出了聲音。眼前的情景和這家食堂太格格不入，小野寺看著那位老婦人出了神。

「請問你從哪裡來？」老婦人看著他問。

「我從東京來這裡。」

「你在東京很少看到像我這樣的老人嗎？」老婦人說話時，稍微加強了語氣。

「東京很少看到穿和服這麼好看的人，所以忍不住看到出了神。」小野寺對著老婦人微微點頭致意。

「東京應該也很少看到像妙姨這樣的人。她的姿勢很挺拔，即使是這種大熱天，也能穿著和服氣定神閒地吃飯，完全不流一滴汗。我太崇拜她了。」小石為來栖妙送上了焙茶。
「妳嘴巴真甜。」妙瞥了小石一眼，拿起了唐津燒的茶杯。
「不好意思，我口渴了，給我一瓶啤酒。」小野寺擦著脖子上的汗水。
「我們只有中瓶的啤酒。」
「沒問題。」小石打開啤酒瓶蓋後，和杯子一起放在桌上。
「我以前在京都讀大學，京都這個城市真的很適合穿和服。」小野寺一口氣喝完啤酒，笑著對妙說。
「你讀哪一所學校？」
「洛志館大學。」
「你想必充分享受了學生生活。」妙略帶嘲諷地說。
「託妳的福。」小野寺把啤酒倒進杯子，泡沫都溢了出來。
「這些話怎麼聽起來好像有言外之意。」小石拿著益子燒的陶土壺，為妙倒茶。
「現在的情況可能不一樣了，但是，在三十年前，讀『洛志館大學』

就等於『痛快玩四年』。當時有一種說法，如果是想認真讀書的人，都會去讀『京南大學』，想玩的人就讀『洛志館』。」小野寺淡淡地笑著，喝完了杯子裡的啤酒。

「正因為有這種大學，才能夠培養出各方面的人才。」流把黑色的漆器餐墊放在小野寺面前。

「謝謝你為我解圍。」小野寺拿起啤酒瓶倒酒。

「有很多藝人都是『洛志館』的畢業生，還有很多人在財經界做得有聲有色。」流把利休筷和青花瓷的盤子放在餐墊上。

「我也有很多朋友讀『洛志館』。」小石插嘴說。

「那些會玩到深夜的學生，十之八九都是那所學校的。」妙不假辭色地說。

「其實，我也是這種人。」小野寺抓著頭，流把一個很大的玻璃盤放在他面前。

「這就是今天的主廚特選餐。」

「哇噢。」小野寺探出身體，露出興奮的眼神。

流開始向他說明料理。「京都的夏天，當然少不了海鰻和香魚，所以我就用這個玻璃大盤子來容納京都的夏天。左上方是海鰻的小袖壽司，還有照燒和白燒海鰻各一塊。旁邊小碗中是醋醃海鰻皮拌秋葵。竹葉上的是鹽烤香魚，那是在桂川手釣的兩尾小香魚，玻璃小酒杯裡裝的是醃製的香魚內臟，其實就是鹽辛香魚。右側靠中間的菜是炸幼香魚，已經加了山椒鹽，可以直接吃。右下方紫蘇葉上的是白灼海鰻花，已經拌了梅子肉和蘘荷。左下角是夾烤海鰻，中間夾了山科茄子，用白味噌醬烤製而成。請慢用。」流說明完畢後，鞠了一躬。

「還要啤酒嗎？這裡也有日本酒。」小石拿起空瓶子問。

「好，美食當前，當然不能只喝啤酒。」小野寺打量著眼前的料理，舔著嘴唇說。

「我們向福島的酒莊進貨，很搭配我們食堂料理的酒，我去拿來給你搭配著喝。」流快步走回廚房。

「請慢用，那我就先告辭了。」妙向他點頭致意後，走出了食堂。小野寺微微起身，也點頭向她道別。

小野寺目送妙的背影離去後，最先夾起了鹽辛香魚。他用筷尖夾起了差不多黃豆大小的鹽辛香魚送進嘴裡，立刻滿臉陶醉地閉上眼睛。

「不好意思，讓你久等了。這是名叫『人氣』的酒，是只有夏季推出的限定商品，是夏生純米吟釀，我事先冰好了，保持十度左右的溫度。你慢慢享用，你喝得差不多了，再叫我一聲，我會把湯送上來。」流把銀色托盤夾在腋下，走回了廚房。

小野寺在國家級傳統工藝品的江戶切子雕刻玻璃純酒杯中倒了滿滿的酒，然後把嘴湊到酒杯前，咕嚕咕嚕喝了兩口，噘著嘴，吐出一口氣。

「真是好酒。」

夾烤海鰻帶著白味噌淡淡的甜味有一種新鮮感。以前學生時代，根本沒機會吃到海鰻，自己開了公司之後，每次在京都吃到的海鰻，味道都大同小異。即使高級日本料理餐廳的老闆說，京都的夏天一定要吃海鰻，他也完全無法體會到底有什麼好吃，但是現在吃了這道夾烤海鰻，終於確信這件事。

京都的夏天必吃海鰻。

並不是只有海鰻而已，香魚的美味也不同尋常。鹽烤香魚的美味當然不用說，比小拇指更小的炸香魚淡淡的苦味中，散發出清新的香氣，再加上山椒的香氣，舌尖上留下了妙不可言的餘味。

雖然小野寺自己創立的公司並不大，但也不是小公司，在東京吃過不少家水準不錯的日本料理，但和京都一比，就覺得差遠了。而且這裡並不是祇園的知名日本料理店，只是偵探事務所附屬的食堂。

「不知道是不是合你的口味？」流站在小野寺身旁問。

「京都果然不一樣，在東京絕對吃不到。」

「要不要再來點酒？」流看著雕刻玻璃杯問。

「雖然很想再來一點，但等一下還有重要的事要談。」

「我等一下就把湯送上來，要不要把飯也一起送來？我今天煮了香魚飯。」

「那就拜託了。」流走去廚房，小野寺看著剩下的料理，拿起了雕刻玻璃杯。

酒很順暢地流入喉嚨。他一想到此行的目的，瞬間覺得酒似乎稍微變苦了。

「讓你久等了。雖然沒什麼新意，但是這個季節，當然要喝牡丹海鰻清湯。我把海鰻燙了一下後放進湯裡。在表面切出極細刀痕的海鰻，是不是看起來像牡丹花？香魚飯內只有香魚肉，去除了魚骨，請你加鴨兒芹末一起食用，還有淺漬的茄子和蘘荷。我去準備番茶，你請慢用。」流一走開，小野寺立刻拿起了湯碗。

碗裡的湯有淡淡的昆布香氣，海鰻入口即化，湯的美味滲入了內心。小野寺克制著內心的激動，放下了湯碗，把古伊萬里飯碗中的香魚飯送進嘴裡。他咀嚼了幾下，帶有淡淡苦味的香魚，和咀嚼之後、散發出微微甜味的米粒完美地融合在一起。

「天氣熱的時候，喝熱熱的番茶很不錯。」流拿著信樂燒的陶土壺為他倒茶。

「真是太好吃了。我覺得自己終於吃到了真正的京都料理，雖然說太出乎我的意料這種話有點失禮。」小野寺合起雙手後，放下了筷子。

「這些都是我用自己的方法做的，稱不上是京都料理。」流收走空盤和空碗，擦著桌子。

「以前讀書的時候，恩師曾經帶我去祇園吃過幾次高級日本料理，但是沒有任何一道菜打動我，也完全沒有留下任何印象。」

「年輕時和有了一點年紀之後的感性不太一樣，食物並不是只有味道而已，所以有不同的感受也是理所當然。」

小野寺默默點了點頭。

「我女兒在裡面的事務所等你，要不要帶你進去？」

「可以麻煩你嗎？」小野寺喝完杯子裡的茶後站了起來。

有一條細長的走廊通往食堂深處，流走在前面，小野寺跟在他後面，看著走廊兩側貼滿的照片出了神。

「這裡大部分照片都是我做的料理。」流轉頭對他說。

有法式餐點，也有火鍋料理，還有年菜，和一大排裝在大盤子裡，看起來像是派對料理的照片。小野寺邊走邊看，很快就來到走廊盡頭。

「請進。」流打開走廊盡頭的門，看到小石坐在沙發上。

「那我們就開始吧。可以請你簡單填寫一下嗎？」小野寺在小石對面坐下後，小石遞給他一個板夾。

他就像入住飯店時填寫住宿登記表一樣，一口氣填完之後，把板夾交還給小石。

「小野寺勝同先生。東京都目黑區……。」

「是勝司。小野寺勝司。」小石還沒念完，小野寺就制止了她。

「不好意思。藝境印刷、董事長。你開印刷公司嗎？」

「我從『洛志館』畢業，回到東京後，就創立了這家公司，並不是什麼大生意。」

「是印名片和新年賀卡之類的嗎？」

「雖然也不是不會印這些，但是我們的主要業務是印刷CD封套。容我吹噓一下，我們在日本國內的市佔率超過五成，只不過現在CD的銷量大不如前。」小野寺露出分不清是自傲還是自嘲的複雜笑容。

「我爸爸喜歡聽演歌。」

「如果是演歌的話，我們的市佔率恐怕會超過八成。」

「我爸爸聽了一定很高興。先不說這些，請問你想找『哪一味』？」

小石微微往前坐了坐。

「說出來有點上不了檯面，是路邊攤的拉麵。不，路邊攤的老闆每次都說是中華湯麵，所以我要找路邊攤的中華湯麵。」

「哪裡的路邊攤？」小石翻開筆記本，拿著筆準備記錄。

「我進入『洛志館』後，立刻加入了戲劇社。我、國末和矢坂這兩個同年級的男生一起組了小劇團，還取了『櫻桃蘿蔔男孩』這個名字。至於學校的課，出席率不到一半，無論去學校的日子，還是不去學校的日子，每天太陽快下山時，我們就在北大路橋下集合，在那裡練習。就是在那裡的麵攤。」

「北大路橋旁的麵攤，有沒有名字？」

「我記得好像沒有名字。」

「不知道是什麼時候的事。」小石拿出了計算機。

「昭和五十年（譯註：一九七五年）左右，在我五十四年畢業時，那個麵攤還在。」

小石把小野寺說的話寫在筆記本上。

「在橋的哪一側？」

「應該是和比叡山相反的那一側……。」小野寺回想著地圖，不是很有把握地說。

「所以是在西側。」小石語氣堅定地說。

「在我讀大三時，原本經過北大路橋的電車路線廢止了，剛好就是在那個時代變遷的期間。」小野寺露出若有所思的眼神。

「請問是什麼樣的中華湯麵呢？」

「就是很路邊攤的味道，不像現在的拉麵那麼油，但也不是很清淡，吃了之後很有飽足感。」

「路邊麵攤的拉麵不是都很油膩嗎？」小石拿著筆問。

「這就是微妙的地方，雖然湯頭很濃稠，味道也很濃郁，但和現在那種表面浮了很多豬油的拉麵不一樣，該怎麼說，就是很柔和的味道。」

「我真想吃看看，我讀書的時候已經看不到路邊攤有在賣拉麵了。」

「那時候，京都到處都可以看到這種拉麵攤，像是出町的桝形那裡，就有四個攤位。」

「但是，你為什麼現在想到要找當時吃過的中華湯麵呢？」小石翻動筆記本，展開新的一頁。

「原本要繼承我公司的兒子，突然說不想了。他說想當演員，問題是當演員根本沒辦法養活自己。」小野寺皺起了眉頭。

「有夢想不是很好嗎？而且也遺傳了你的興趣。」小石說。

「夢想永遠都只是夢想而已，現實沒這麼容易。」

「這和麵攤的中華湯麵有什麼關係？」

「我以前也曾經和他一樣有過夢想，那時候，我經常吃那個麵攤的中華湯麵。」小野寺注視著茶几繼續說了下去。

「因為我的公司並不是什麼很偉大的事業，所以也不想勉強兒子，覺得可以讓他做自己喜歡的事，只不過一想到將來，就不由得產生了猶豫，覺得這樣真的沒問題嗎？就好像我在他那個年紀的時候，也曾經陷入徬徨。」小野寺若有所思地說。

「夢想和現實。男人真辛苦啊。」

小野寺聽了小石的話，回想起往事。

「男人只想著餬口，人生會很無聊，但是如果持續追求夢想，遲早會栽跟頭。一旦成了家，就必須選擇有辦法養家的工作，必須適時在某個時間點，尋找妥協的方法。」

「你兒子選擇了追尋夢想。」

「但是，能夠實現夢想的人，在幾萬個人中也沒有一個。」小野寺不滿地說。

「但並不是完全沒有人。」小石說。

「我雖然嘴上說『No』，無法接受追求夢想的兒子，但是內心也浮現了『Yes』的念頭，在我試圖釐清自己的想法時，想到了那個麵攤的中華湯麵。」小野寺注視著小石。

「所以你打算吃了中華湯麵後，和兒子好好談一談。」小石也注視著他的眼睛。

「目前還沒有想這麼多，並不是為了再和他溝通，只是想搞清楚自己的想法，就只是這樣而已。」

「我瞭解了。總之，需要先找到中華湯麵，然後讓你品嘗，再去想之後的事。目前唯一的線索就是地點，我爸爸一定可以找到。」小石闔起了筆記本。

「那就拜託了。」小野寺鞠躬說道。

回到食堂，坐在吧檯前的流收起了手上的報紙。

「有沒有問清楚了？」

「該問的都問了，是要找一個麵攤的中華湯麵，你要努力找出來。」

小石拍著流的背說。

「這樣啊，原來要找麵攤的中華湯麵。真是令人懷念，以前京都有很多麵攤。」流站了起來，面對小野寺說。

「現在恐怕就很難了。」小野寺右側臉頰笑了笑。

「我一定全力以赴。」流向他微微點頭。

「請幫我結帳。」小野寺從內側口袋拿出了長皮夾。

「下次和偵探費一起支付就好。」小石面帶微笑說。

「好，那下次什麼時候再來……。」小野寺看了看流，又看向小石。

「兩個星期後可以嗎？詳細情況，我們會再打電話和你聯絡，會打你的手機。」流看著小野寺的名片回答。

「麻煩你們了。」小野寺拎起波士頓包，走出了食堂。

「你等一下還要去其他地方嗎？」流問他。

「因為很久沒來京都了，所以打算去以前熟悉的地方走一走。」小野寺抬頭瞇眼看著夏日的天空。

「外面的太陽很曬，要小心一點。」小石對他說。

這時，虎斑貓跑了過來。

「瞌睡，不可以進來店裡，有沒有聽到？」流蹲了下來，瞪著瞌睡。

「京都果然很熱啊。」流和小石確認小野寺沿著正面通往東走之後，回到了店裡。

「在北大路橋的西北嗎？那裡有拉麵的攤子嗎？」流坐在吧檯前，看著筆記本上的內容。

「不是拉麵，是中華湯麵。」小石用抹布擦著桌子，轉頭對流說。

「他是開印刷公司的喔，藝境印刷……。」流把小野寺的名片夾在筆記本內。

「總之，要去現場才知道。那我就明天去看看。」

「北大路橋不就是在那個植物園附近嗎？不就是我們不久之前去賞櫻的半木之道那裡嗎？」

「對啊，北大路通那座橋以西，是傳統的商店街，去那裡之後，應該就可以掌握某些線索。」流闔起了筆記本。

東本願寺前的行道樹上，傳來聒噪的蟬鳴聲。

小野寺以前住在京都時，經常看到油蟬，現在應該是熊蟬佔壓倒性多數，熊蟬的叫聲更令人感到窒息。他在等號誌燈時，忍不住皺起眉頭，用手帕擦拭著脖子上的汗水。

穿越烏丸通往東走，他在店門口深呼吸之後，打開了「鴨川食堂」的拉門。

「歡迎光臨，很期待你的到來。」流脖子上掛著毛巾，走出來迎接他。

「這是……。」小野寺看到店裡出現了一張兩週前沒有的舊長椅，瞪大眼睛問。

「比起中華湯麵，找這張長椅更費工夫。」小石笑著插嘴說。

長椅上的木板有些已經剝落，可以隱約看到清涼飲料品牌的名字。

「我想起來了，沒錯，我就是坐在類似的長椅上，在那個麵攤吃中華湯麵。沒想到你除了找食物以外，在細節上也做得這麼道地。」小野寺充滿懷念地撫摸著長椅的椅背。

「並沒有你說的這麼厲害，我爸爸只是想找一張抽菸用的長椅，才找到了這張椅子。因為妙姨一直對爸爸說，店內必須禁菸。」小石在小野寺耳邊小聲說。

「現在這個時代真是越來越麻煩了，請坐。」

小野寺在流的催促下，緩緩在長椅上坐了下來。

「我們在橋下排練，起初被麵攤的老闆罵，說我們太吵了。」小野寺開始訴說往事。

流和小石分別站在長椅的兩側。

「我記得一開始是國末提出，我們應該去吃老闆的拉麵捧個場，就當作是場地費。一旦我們變成他的客人，他就不好意思凶我們了。國末在這方面特別機靈。」

「沒想到一吃就成主顧了。」流插嘴說。

「不，其實並沒有很好吃。因為還有幾家很好吃的拉麵店。」

「從以前開始，京都拉麵店的競爭就很激烈。」

「因為人情關係，就當作是在付場地費。雖然我們每天都會排練，但是差不多三天會吃一次中華湯麵。不可思議的是，竟然越吃越覺得好吃。不知道是不是吃習慣的關係，起初只是覺得必須捧場，沒想到漸漸上了癮。」小野寺苦笑著，吐了一口氣。

「請喝水。」小石遞給他一個手感粗糙的塑膠杯。

「杯子也是這種感覺。」小野寺笑了笑，一口氣喝完了冰水。

「那我就開始煮了。」流走向廚房。

「真讓人期待，好像回到了以前。」小野寺打了一個響指。

「我原本說，不如做得更徹底一點，準備一下背景音樂，被我爸爸罵了一頓，說我太過頭了。」小石吐了吐舌頭，為杯子裡倒了水。

「好香啊。」小野寺用力嗅聞著廚房內飄出來的高湯味道，把杯子放在長椅上。

「我也覺得有點餓了。」小石摸著自己的肚子。

寂靜的食堂內，只聽到麵從滾水中撈起來的聲音，流忙碌走動、有節奏的腳步聲。

「讓你久等了。」流用銀色托盤端著中華湯麵走了過來。

「就是這碗麵，就是這碗麵。」小野寺連同白色塑膠碗墊一起接了過來，然後左手拿著湯麵碗。

「我把胡椒放在這裡，請慢用。」流把一個大胡椒罐放在杯子旁走回了廚房，小石也跟著走了進去。

小野寺左手拿著碗，撒了很多胡椒，把胡椒罐放在長椅上，用牙齒把右手拿著的免洗筷咬成兩根。用湯匙舀起湯聞了一下，緩緩送進嘴裡。

不知道是否加了少許豬骨，但很明顯是以雞骨為主熬的高湯。雖然湯並沒有很清澈，但是和時下那些濃稠混濁的麵湯相比，略有透明感。好像還加了少許海鮮的高湯，而且湯裡還有大蒜和薑的香氣。

麵條使用了筆直偏細的麵，煮得稍微偏硬。有兩片叉燒，和兩片薄薄的魚板、豆芽菜和滷筍片，還加了蔥。使用豬腿肉做的叉燒很好吃，除了是懷念的味道，更有一種熟悉感。

小野寺曾經看了拉麵相關的書，到處吃了不少拉麵作為預習，所以忍不住試著分析眼前這碗拉麵，但很快就發現這種分析是白費工夫，於是開始專心吃麵。他吃了幾口麵，又喝了湯，再吃麵裡的配料，接著又重複相同的步驟。

腦海中的分析表就像是被橡皮擦擦掉了一樣，往事遙遠的回憶浮現在腦海。麵湯流入喉嚨時，就回想起當時排練的台詞；在咬麵條時，耳邊響起了當時的笑聲。當年拿著碗，談論彼此夢想的時光在掌心甦醒。小野寺的眼角有點濕潤。

「是不是這個味道？」流站在長椅後方問。

「對。」小野寺拿著空碗，轉頭回答。

「太好了。」流點了點頭，露出了笑容。

「如果我的記憶沒出錯，可以說完全一樣，你是怎麼找到的？」小野寺問。

「那個麵攤當然早就沒了，但是有人清楚記得當時的情況。」流拿出了一張泛黃的照片。

照片中，一個矮個子的男人正在橋畔準備麵攤，露出了靦腆的笑容。

「沒錯沒錯，就是這樣的路邊攤，就是這個老闆。」小野寺把臉湊到照片面前，目不轉睛地看著。

「北大路橋西北側有一家名叫『羽瀨川燒烤』的店，目前也是很受歡迎的餐廳。那家餐廳的老闆羽瀨川先生記得那個麵攤的事，他說麵攤的老闆叫安本誠治。」

「安本先生……。我沒聽過他的名字。」小野寺注視著半空回想著。

「麵攤使用的水電都是向羽瀨川先生借的，因為這樣的緣分，即使在麵攤收了之後，他們仍然保持聯絡。安本先生在伏見的兩替町開了『安哥拉麵店』之後，羽瀨川先生也去吃過幾次。但是，安本先生在十年前生病去世了，他沒有家人，也沒有人繼承他的店，那家店也就收了起來，線索就這樣斷了。」流把「安哥拉麵店」的照片放在長椅上。

「那這碗中華湯麵是……？」小野寺瞥了一眼照片，一臉詫異地問。

「緣分就是這麼神奇。」流面對長椅，在鐵管椅上坐了下來。

「你要喝熱茶還是冰的茶。」小石把茶杯放在長椅上。

「我想喝熱茶。」

小石用手上益子燒的陶土壺，為小野寺倒了焙茶。

「羽瀨川先生說安本先生長眠在『安哥拉麵店』附近的『西法寺』，於是我就去掃墓。因為既然線索斷了，就只能去問當事人了。」流露出分不清是開玩笑還是認真的表情繼續說著。

「我在掃墓時，不經意地看向代替五輪塔的小型木牌水塔婆，發現有個人每個月的同一天都會去掃墓，就是刻在墓碑上的忌日那一天。那個人叫金原大介，我覺得好像在哪裡聽過這個名字。」流喝了一口茶。

「金原大介……。我沒聽過這個名字。」小野寺歪著頭納悶。

「你知不知道連鎖拉麵店『新撰京市』？」

「當然知道。我以前讀書時，還只是一家小店，現在已經變成一家大公司，還推出了自家的泡麵。東京的便利商店也可以買到，有時候我會買來吃，懷念在京都的日子。」

「金原先生就是那家公司的老闆。我去見了他，我猜想他應該很忙，可能沒空見我，沒想到我說想要向他打聽安本先生的事，他二話不說就答應了。」流喝了一口茶，休息了一下。

小野寺拿著空杯子，探出身體，急切地想要聽下文。

「安本先生是金原先生的師父，安本先生親自向金原先生傳授了熬高湯的方法、煮麵的方法，以及叉燒的調味，但是他對金原先生說，不可以照搬照抄，於是金原先生就以向安本先生學到的為基礎，做出了自己獨特的拉麵。」

「太令人驚訝了，沒想到那個麵攤的老闆和『新撰京市』的老闆是師徒關係。」

「是不是很驚訝？」小石為小野寺的茶杯裡倒了水。

「金原先生不愧是靠自己打造出那麼厲害的連鎖拉麵企業的人，他清楚記得安本先生麵攤時代的中華湯麵食譜。他說即使在目前這個時代，安本先生的中華湯麵也會很受歡迎，然後把食譜告訴了我。我按照他告訴我的食譜，做出了這碗麵。」流看著還剩下少許麵湯的碗。

「原來是這樣。」小野寺拿起碗，慢慢喝完了最後的湯。

「安本先生傳承給金原先生的，是追尋夢想的心。」流拿著茶杯，深有感慨地說。

「當年和你組團的另外兩個人，後來怎麼樣了？」小石問。

「國末畢業後進了家電公司，好幾次遭到裁員，但還是在中小企業上班，他在工作之餘，持續參加業餘的劇團。每年會在偏僻的劇場舉辦四、五場表演，他都會寄邀請函給我，但是我從未去過。矢坂雖然成為職業演員，但是完全沒出頭，在五年前死了。」

「趁早放棄夢想的你，創立了公司，成為人生勝利組。」流說。

小野寺沒說話，在手中轉動著茶杯。

「我也是中途放棄夢想的人，所以沒有資格在這說大話，但是無論工作還是其他的事，只要全力以赴地堅持，就會有人傳承下去。」流直視著小野寺。

「問題在於要傳承什麼嗎？」小野寺停頓了一下後，又繼續說，「雖然俗話說：『年輕時的磨難，即使花大錢也要承受』，這句話其實還有下一句。」

「有下一句嗎？」流歪著頭納悶。

「年輕時的夢想，即使有人出高價也不可以出賣。」

「原來是這樣，我會牢記在這裡。」流用拳頭敲著自己的胸口。

「如果不寫下來，我可能會忘記。」小石寫在報紙的角落。

「這只是我臨時想到的，還是忘了比較好。」小野寺眉開眼笑。

「我差點就相信了。我會把中華湯麵的食譜交給你，聽金原先生說，這些食材在東京也可以買到。」流面帶微笑，把檔案夾放在紙袋裡。

「請幫我結帳，包括上次的餐費。」小野寺拿出皮夾。

「可以請你匯入這個帳戶嗎？只要匯符合你心意的金額就好。」小石把便條紙交給他。

「好，我回去後馬上處理。」小野寺把便條紙摺起來後，放進了皮夾。

「天氣真熱啊。」流打開玄關的拉門，忍不住皺起了眉頭。

「很好啊，我覺得很有京都的味道。」小野寺一走出門外，瞌睡立刻跑了過來。

「不可以把客人的衣服弄髒。」小石蹲了下來，把瞌睡抱了起來。

「謝謝你們。」小野寺深深鞠了一躬，向西邁開步伐。

「路上小心。」小石抱著瞌睡，鞠躬說道。

「小野寺先生。」

聽到流的叫聲，小野寺停下腳步，轉過頭。

「關於你們劇團的名字。」

「怎麼了？」

「櫻桃蘿蔔有特殊的含義嗎？」

「取自我們平時常說的『蘿蔔演員』，也就是三流演員的意思。」

「果然是這樣啊。」流露出了笑容，小野寺笑得臉都擠成了一團，然後向西邁開步伐。

小石目送小野寺的背影離去，把瞌睡放了下來，跟著流走回店裡。

「不知道小野寺先生會不會改變原來的想法。」

「不知道，可能會改變，也可能不會改變，不管改不改變都無妨。」

流拿下掛在脖子上的毛巾，在鐵管椅上坐了下來。

「爸爸，你當初是基於什麼樣的想法，決定繼承爺爺的衣缽？」小石在流身旁坐了下來。

「這麼久遠的事，早就忘記了。」流冷冷地回答。

「爺爺要求你這麼做嗎？」

「那倒沒有，你爺爺從來不會強迫我做任何事。不對，只有一次。」

「是哪件事？」

「我第一次帶掬子回家，把她介紹給妳爺爺、奶奶認識時，爺爺對我說，一定要好好珍惜她一輩子。」

「原來是這樣。」小石探頭看向客廳的佛壇。

「我遵守了妳爺爺的教誨，雖然我和掬子的緣分很短。」流走去客廳，在佛壇前坐了下來。

「媽媽，妳知道這件事嗎？」小石在流的身旁坐了下來，點了一支香。

「掬子當然不可能知道。」流露出害羞的笑容，鬆開了合起的雙手。

「有些事，即使不說，也會傳承下去。」小石合起雙手，小聲地說。

「吃中華湯麵沒辦法喝酒，我準備了包餃子的材料。妳去準備鐵板，我要來大顯身手。」

「要吃餃子啊，太棒了，不知道啤酒夠不夠。」小石打開了冰箱。

「我已經訂了一桶生啤酒，阿浩等一下會送來。」

「真的嗎？太好了，那要包三人份的餃子。」小石挽起了袖子。

「才不是三人份，如果不包四人份，小心掬子會生氣。」流回過頭看向佛壇。

第六道　天丼

天丼

雖然立春在即，但春天的腳步還很遙遠。藤川景子一走出京都車站的驗票閘，就慌忙追著被寒風吹走的黑色禮帽。

雖然早有所聞，但京都刺骨的寒冷比故鄉石卷有過之而無不及。寒意穿過黑色皮革手套鑽了進來，景子壓低帽子走出了車站大樓，不停地對著雙手哈氣。

她穿著灰色的厚大衣，圍著毛皮圍脖。這種打扮真的很過時，去年邁入五十大關的景子忍不住自嘲。她一手拿著地圖，走在從京都車站筆直向北延伸的烏丸通上，擦身而過的路人都沒發現她是藤川景子。她覺得並不是因為戴了墨鏡的關係，一定是因為自己早就從人們的記憶中消失了。

穿越七條通，沿著正面通往東走，終於看到了那棟房子。

「是不是這裡？」景子拿下了墨鏡，抬頭看著眼前這棟兩層樓的水泥房子。

這裡沒有招牌，乍看之下，就像是普通的民宅，但是從裡面飄出了像是餐飲店的氣味。

「歡迎光臨。」景子打開拉門的同時，鴨川小石露出訝異的表情看了過來。

「我想委託你們尋找『那一味』。」景子拿下了手套，打量店內。

「原來是偵探事務所的客人，請坐。」小石把銀色托盤夾在腋下，為她拉開了鐵管椅。

「謝謝。」景子把黑色托特包放在桌上，拿出了手機。

小石動作俐落地收拾了留在吧檯上的餐具，放在銀色托盤上。

景子瞄了她一眼，手指在手機螢幕上滑動。

「請問妳要用餐嗎？」小石在擦桌子時問。

「你們有供應餐點？」原本看著手機的景子抬起頭，看向小石。

「初次上門的客人，只提供主廚特選餐。」鴨川流從廚房走出來說。

「午安。」景子微微站了起來。

「歡迎光臨……，請問妳肚子餓嗎？」流看著景子的側臉出了神，隨即調整心情問道。

「我早上從東京出發時，只吃了一點吐司。」景子摸著肚子，露出淡淡的苦笑。

「有沒有什麼不吃的食物？」

「我什麼都吃。」景子把手機放回了皮包。

「今天剛好會有挑嘴的客人上門，所以我準備了很多菜。既然妳是從東京來這裡，一定會很滿意。妳稍微等我一下。」流立刻走回了廚房。

空蕩蕩的食堂內飄著高湯的香氣，景子的肚子發出了咕咕咕的叫聲。她忍不住摸著肚子，擔心別人會聽到。

「沒想到妳竟然可以一個人找到這裡。」小石收拾完畢後，站在景子身旁問道。

景子露出鬆了一口氣的表情，從皮包裡拿出一本雜誌。

「我是看了這本雜誌來的。」

「但是，《料理春秋》的廣告並沒有寫地址。」小石微微歪著頭說。

「是大道寺小姐告訴我的。」景子露出微笑。

「妳認識茜姐嗎？」

「五年前，我們曾經合作過。」

「妳從事雜誌方面的工作嗎？」小石探頭看著景子的臉問。

「算是吧。」景子的嘴角露出淡淡的笑容。

「真羨慕啊，媒體的世界很光鮮亮麗。」

「外人都會這麼覺得。」景子聳了聳肩。

她再次打量這家食堂。店內既沒有菜單，也沒看到收銀機。吧檯的左右兩側有出入口，右側掛著暖簾，從暖簾的縫隙，可以看到裡面有個漂亮的佛壇。景子忍不住歪著頭納悶，覺得這家食堂太不可思議了。

「讓妳久等了。」流把黑色漆器餐墊放在景子面前。

「好期待啊。」景子重新坐好，端正了姿勢。

「妳想喝什麼？今天很冷，要不要喝日本酒？」小石問。

「既然機會難得，那就來一點。」景子微笑著說。

「小石，我記得二樓冰箱裡有『谷風』，妳稍微溫一下。要用信樂燒的酒盅。」

聽到流的話，小石點了點頭。

「這裡有『谷風』嗎？」景子瞪大眼睛問流。

「因為我喜歡相撲，所以店裡都會放用古代陸奧國大橫綱的名字命名的酒。雖然這種方法或許不入流，但是我覺得把大吟釀加熱到差不多人體皮膚的溫度，口感會變得更溫潤，格外好喝。」流說完這番話，走回廚房，小石拿著酒盅走了出來，站在景子身旁。

「我用熱水稍微燙了一下，要不要再繼續加熱？」

「這樣的溫度應該剛好。」景子摸了摸酒盅後，微笑著回答。

「今天又降溫了，所以我想讓妳熱熱地吃熱食。」流在餐墊上放了一個草編的鍋墊。

「雖然我來之前就做好了心理準備，但是京都真的太冷了。」景子拿起信樂燒的酒盅，把酒倒進了織部燒的杯子。

「感覺這裡比東北更冷。」流把一個很大的素燒陶土鍋——炮烙鍋放在鍋墊上，對景子笑著說。

「酒真好喝。」景子放鬆地嘆了一口氣。

「我為妳準備了當令的各種美食，但分量都很少。左上方是用在三河灣捕獲的河豚做成的炸河豚，還有白灼加能蟹，右側是鴨肉丸和九條蔥串燒、馬頭魚天婦羅。聖護院的蘿蔔和小米麩抹了田樂味噌燒烤，堀川牛蒡中塞了海鰻魚漿。下方是酒蒸蛤蜊，浸煮金時胡蘿蔔和九條蔥，西京燒白鯧。炮烙鍋底部墊了燒過的石頭，小心別被燙到。」流拿著炮烙鍋的蓋子，向景子說明了料理。

景子聽得出了神，拿著筷子，視線時左時右移動，頻頻點著頭。

「好猶豫啊，不知道該先吃哪一道。有沒有規定的順序？」

「妳只要用自己喜歡的方式，吃自己喜愛的食物就好，沒有任何的規定。」流說完後，走回了廚房。

「如果酒喝完了，妳再告訴我。」小石也跟著流走進了廚房。

景子把臉湊到冒著熱氣的炮烙鍋前，用力嗅聞著。

「好香啊。」她合起雙手後，最先吃了馬頭魚天婦羅。她把加了抹茶鹽的天婦羅放進嘴裡，忍不住陶醉地閉上眼睛。她咀嚼了兩、三次，臉上綻放出笑容。

「好吃。」她接連吃著蘿蔔田樂燒、炸河豚、白鯧，每次都用力點頭，露出笑容。

「請問合妳的口味嗎？」流端著裝了幾個小碟子的銀色托盤，站在景子身旁問。

「每一道都很好吃，這是真心話。」景子微微鞠躬說。

「這是幾道清口的小菜。千枚漬包醋醃小鯛魚、銀魴南蠻漬、甜黑豆。如果妳要白飯，隨時告訴我，今天準備了沙丁魚肉炊飯。」流把銀色托盤夾在腋下。

「可以再來一盅嗎？」景子用手指抓著酒盅的壺頸。

「當然沒問題。」流接過酒盅，跑回了廚房。

景子拿起了串燒，橫放在嘴前，張嘴咬了起來。鴨肉丸的肉汁流了出來，從嘴唇流到了下巴。她慌忙從皮包裡拿出手帕，仔細擦乾淨。

「這款酒的酒勁十足，料理可能會相形見絀。」流拿起酒盅準備倒酒，苦笑著說。

「不會不會，兩者不分軒輊。」景子拿起酒杯接酒，對流笑了笑。

「因為還要談正事，所以我等一下送飯上來。」

「麻煩你了。」景子把手放在桌子上鞠躬說道。

空蕩蕩的食堂內，只聽到倒酒的聲音。

景子放鬆了心情，仰起頭，閉上了眼睛。

——孤星高掛寒空中，星光流轉凝望著我——

她用幾乎聽不到的聲音小聲哼唱著，富有節奏感的歌詞在內心迴盪。

黑豆從筷子上滑落，她慌忙用手指撿了起來。

她咬著千枚漬，發出清脆的聲音時，流把土鍋放在桌子上，用飯勺把飯舀進小飯碗內。

「京都人會在立春的前一天，也就是節分的日子烤沙丁魚吃，稱為節分魚，據說可以消災解厄。吃完後的魚骨插在柊樹的樹枝上，掛在玄關，就可以驅鬼降魔。」流把飯碗放在景子面前。

「我們老家是撒豆子，我不記得曾經在節分的時候吃過沙丁魚，但是看起來很好吃。」景子拿起飯碗，用鼻子拚命嗅聞著。

「我把土鍋放在這，妳吃完後，可以再吃一碗。我馬上送湯上來。」流走回了廚房。

景子特別喜歡吃青背魚，迫不及待地吃著沙丁魚飯。紫蘇葉碎末和芝麻的香氣更加刺激食欲，她在轉眼間就吃完了一碗，又立刻拿起了飯勺。

「我用沙丁魚丸煮了湯，加了很多生薑和香橙，應該可以讓身體暖和起來。」流把根來漆碗放在桌上，拿起蓋子，香橙的香氣立刻隨著熱氣飄了出來。

「我很愛吃沙丁魚，這個飯實在太好吃了。」景子睜大了眼睛，舀了滿滿一碗沙丁魚飯。

「聽到妳這麼說，真是太高興了。歡迎妳把整鍋都吃完，下面應該有鍋巴。」流看向鍋內說完後，又走回了廚房。

景子拿起湯碗，慢慢喝著湯，聞到了香橙的香氣。她閉上眼睛，咬著魚丸，想起了故鄉的大海。懷念之情就像漣漪般在嘴裡擴散，她眼中不禁泛起淚光。

她猶豫了一下，最後又拿起飯勺添飯，把鍋底也刮了起來。

當她把飯全都吃完後，合起雙手，放下了筷子。

「妳是不是沒吃飽？我好像煮太少了。」流拿著常滑燒的茶壺，站在景子身旁問。

「夠了，真的很好吃，我吃得很飽。」景子摸著肚子。

「能夠讓妳滿意，真是太好了。很高興看到妳吃得這麼乾淨。」流看到土鍋內的飯全都吃完了，對景子露出了笑容。

「雖然之前聽大道寺小姐提過，你的料理的確好吃得沒話說。」

「茜這個傢伙太多話，妳過獎了，我的料理沒妳說的這麼好。」流靦腆地笑著，改變了話題。「小石在等妳，要不要帶妳進去？」

「對喔，我差點忘了重要的事。」景子喝完杯子裡的茶後站了起來。

「不好意思，感覺好像在催促妳。」

他們走在通往偵探事務所的走廊上，流走在前面，景子跟在後面，好奇地看著貼在兩側牆壁上的照片。

「這些全都是你做的菜嗎？」

「因為我這個人不服輸，只要客人委託，就無論如何都要做出來。」流轉頭笑了笑說。

「這道壽司看起來很好吃。」景子停下腳步，仔細看著一張照片。

「這是沙丁魚棒壽司，像海鯽仔一樣醋醃處理，話說回來，妳好像真的很愛吃沙丁魚。」流停下了腳步。

「因為我爸爸是漁夫，小時候幾乎每天都吃沙丁魚，那時候吃到膩了。」

景子苦笑著說，流再次邁開了步伐。

「味覺很神奇，小時候討厭的東西，有了一點年紀之後，卻反而喜歡了。」流打開門，小石迎接了他們。

「請進。」

「打擾了。」景子走進門內。

「妳不要縮在角落，請坐在中間。」景子坐在長沙發的角落，小石笑著對她說。

「總覺得有點可怕。」景子稍微挪了一下座位。

「雖然有點麻煩，但可以請妳簡單填一下嗎？」坐在對面的小石把委託書放在茶几上。

景子把板夾放在並攏的雙腿上寫了起來。

「如果有不想回答的內容，也可以跳過。」小石看到景子停下了筆，對她這麼說。

「並不是妳想的那樣，我竟然會忘記自己的生日……。歲月真是不饒人。」景子嘴角露出了笑容，填寫完之後，把板夾交給了小石。

「藤川景子女士，妳從事音樂相關的工作，所以並不是媒體業，剛才不好意思。」

「其實差不多。」

「妳住在東京新宿嗎？那裡有很多高樓大廈，夜景一定很美。」

「一個人看夜景也只是徒增寂寞。」景子輕輕嘆了一口氣。

「所以妳沒有結婚。」

「我甚至忘了這兩個字。」

「和我一樣。」小石拍了一下手。

「妳還年輕，像我這種老女人……。」

「妳才不是老女人，完全看不出來已經五十多歲。」

「即使只是安慰，我也很高興。」景子側著頭，微笑著說。

「那我們就進入正題，請問妳要尋找『哪一味』？」小石的身體微微向前挪。

「天丼。」

「天丼？就是飯上面有各種天婦羅的丼飯吧？京都很少這麼吃，東京人很喜歡吃嗎？」

「我並不是東京人，在東北的石卷出生，二十歲時去了東京，吃到那碗天丼時，覺得世界上怎麼會有這麼好吃的東西。」景子直視著小石。

「可以請妳詳細說明一下是什麼樣的天丼嗎？」小石翻開筆記本，握著筆。

「那是我來東京一年多的時候，因為工作上有了一點小成就，經紀公司的老闆就請我吃飯作為獎勵。那家店在淺草。」

「請問那家店叫什麼名字？」

「我記得好像是叫『天房』。」

「那家店現在應該沒在營業了吧？」

「如果有營業，我只要去那裡吃就好了。」

兩個人相視而笑。

「有沒有什麼特色呢？」小石問。

「雖然天婦羅也很好吃，但是醬汁更加美味。不知道是不是可以說很濃醇，鹹中帶甜，但又很清爽。」

「但是，東京每家餐廳的天丼味道不是都差不多嗎？都會淋上我們京都人難以想像的又鹹又甜、黑忽忽的濃醇醬汁。」

「並不是這樣。那次之後，我也去過幾家知名的天婦羅餐廳吃飯，吃到的天丼都和那家餐廳的味道不一樣，每次都覺得很不過癮。」

「妳是否記得什麼具體特徵？雖然到時候會由我爸爸去找，但是即使我爸爸再怎麼厲害，也沒辦法只憑這麼少的線索找到。」小石抱著雙臂，歪著頭說。

「蝦子、海鰻，還有白肉魚、青辣椒和海苔，我記得天婦羅的內容很普通，醬汁的顏色並不是像妳說的黑忽忽，感覺顏色比其他餐廳淡。」景子仰頭看著天花板，努力回想著。

「沒有什麼特別的天婦羅，醬汁和其他餐廳不一樣。」小石寫在筆記本上。

「對了對了，天丼附的湯也很好喝……。」景子說到這裡停了下來。

「怎麼了？」小石擔心地看著景子的臉。

「我覺得和剛才喝的湯很像……。有一種懷念的味道……。不，好像不對，那時候不是沙丁魚，可能是我的心理作用。」景子點了點頭，似乎在說服自己。

「妳記得那家餐廳確切的地點嗎？因為淺草的範圍很大。」

「我隱約記得是在淺草觀音寺後方，那條路很小，旁邊好像有一家壽司店。」

「既然這麼好吃，妳之後為什麼沒再去吃呢？而且妳住在新宿，不是隨時可以去嗎？」小石忍不住著急地問。

「因為經紀公司的老闆說，等下次工作上小有成就時，再一起去吃。因為我一直相信會有這麼一天，而且也有好兆頭的想法。」景子低頭看著茶几，輕輕吐了一口氣。

「我爸爸應該會設法找到。」

「謝謝。」景子抬起了頭。

「但是，為什麼事隔這麼多年，妳突然想找這碗天丼呢？」小石又翻開了已經闔起的筆記本。

「因為住在老家的父母年紀越來越大，我覺得自己差不多也該返鄉了……。我希望在回老家之前，可以再吃一次那碗天丼。」

「這樣就可以了無牽掛地回老家了。」小石點了兩次頭。

「而且，如果瞭解製作方法，我想讓我父母也嘗一嘗。因為我那次吃的時候，覺得實在太好吃了，忍不住打電話回家，告訴他們說，東京有這麼好吃的東西，等我下次有出色的表現，就請他們來東京，請他們吃最好吃的天丼，結果就這樣過了三十年。」景子苦笑著聳了聳肩。

「我瞭解了，我會請爸爸努力尋找的。」小石似乎終於釋然，闔起了筆記本。

「拜託了。」景子站了起來，鞠了一躬說道。

「有沒有問清楚了？」坐在鐵管椅上的流收起了報紙，轉頭問小石。

「她問得很清楚，只是我的記憶不太可靠，所以可能會給你添麻煩。拜託你了。」景子深深鞠了一躬。

「雖然我不瞭解妳委託的內容，但我一定全力以赴。」流站起來，看著景子的眼睛回答。

景子穿上大衣，走出食堂，虎斑貓跑到她的腳下。

「啊喲，可愛的貓咪，你叫什麼名字？」她蹲下來，摸著貓的下巴。

「牠叫瞌睡，牠很可憐，即使這麼冷的天，也不可以進店裡。」小石說話時，露出銳利的眼神看著流。

「我們是賣吃的，怎麼可以讓貓進店裡？」流回瞪著小石。

「在我們老家，周圍到處都是貓。」景子抱起瞌睡，瞇起了眼睛。

「因為那裡應該有很多好吃的魚。」

「對啊，牠們都很會挑新鮮美味的魚。」

「所謂『貓不理』，只要魚不新鮮，貓就會不屑一顧，直接跨過去。」

「牠們會聞一下味道，然後很不屑地別過頭。」景子模仿著貓的樣子笑了起來。

小石等他們說完後，插嘴說：「關於下一次的時間，訂在兩個星期後可以嗎？」

「我沒問題……。」景子點了點頭，看著流的臉。

「應該沒問題吧。」流停頓了一下，笑著回答。

「我差點忘了付今天的餐費。」景子把瞌睡放了下來，從皮包裡拿出皮夾。

「今天先不用，到時候和偵探費一起支付。」

「我瞭解了，我會引頸期盼。」景子把皮夾放回皮包，看著他們父女兩人說。

「路上小心。」景子沿著正面通往西走，小石對著她的背影說。

「瞌睡，不可以進來。」流制止了瞌睡。

「這麼冷的天氣，我覺得讓牠進來也沒關係。」小石回頭看著，關上了拉門。

「這次要找什麼？」流坐在鐵管椅上問。

「天丼。」

「沒想到啊。」

「有點年紀的女性要找天丼，很意外吧？」

「我還以為藤川景子會想要找海鮮相關的食物。」

「你怎麼知道她的名字？」小石把準備交給流的筆記本抱在胸前，瞪大眼睛問。

「怎麼會不知道？我一眼就可以認出她就是藤川景子，妳該不會不認識她？」

「難道她是名人？」

「原來妳不認識藤川景子，這也難怪，因為她只紅過一次，真的太可惜了。」流接過小石手上的筆記本，看著記錄的內容。

「音樂相關、藤川景子……。我想起來了，好像有叫這個名字的歌手，我忘了那首歌叫什麼名字。」小石的眉毛皺成了八字，按著太陽穴。

「是《北方的孤星》。」流翻著筆記本，小聲嘀咕著。

「是什麼樣的歌？」

「是一首悲傷的歌，死去的情人變成了星星，在天上守護著自己。」

「我等一下上網搜尋看看。」小石繫上圍裙，走進了廚房。

流托著臉頰，看著筆記本，他邊翻邊哼了起來。

「——因為你在天空凝望我——」

「原來是這首歌啊，那不就是你洗澡的時候會唱的歌？」小石掀起暖簾，探頭問。

「上面寫著『爸爸的湯』，是什麼意思？」流問小石，掩飾著害羞。

「啊，這句話刪掉。她說天丼附的湯很像你剛才的湯，但後來又說自己搞錯了。」小石放下了暖簾。

食堂籠罩在冬日特有的寂靜中，廚房傳來洗碗的水聲。

流低頭看著筆記本，陷入了沉思。

「小石，爸爸要去東京一趟。」流喝了一口茶，闔起了筆記本。

「如果你要去東京，我也想去，要不要一起去？」小石從廚房走了出來，露出興奮的眼神說。

「妳去會礙手礙腳，而且媽媽一個人在家會很寂寞。」

「那就帶上照片，帶媽媽一起去啊。」

「掬子很喜歡淺草的一家壽司店，那就帶她一起去吧。」

「太高興了，就這麼辦，就這麼辦。」

小石抱著流說，流羞紅了臉提醒她：「但是旅費妳要自己出。」

「媽媽都在笑你，怎麼會這麼小氣。」

「掬子才不會笑我，因為她以前管錢管得很緊，都只給我一丁點零用錢。」流苦笑著看向窗外，外頭在不知不覺中下起了雪。

景子走出京都車站的烏丸口，抬頭看著向晚天空下的京都塔。和上次來這裡時相比，風暖和了些，她拉開了外套的拉鍊，穿越了斑馬線。

她抬頭挺胸，快步走在街上，比想像中更快來到了食堂。瞌睡跑了過來，在她腳下嬉戲。

「瞌睡，午安，你沒有感冒吧？」景子蹲了下來，撫摸著瞌睡的背。

「外面很冷，趕快進來吧。」小石打開門走了出來。

「比上次好多了，今天也不需要戴手套。」景子一走進店內，就脫下了外套，用手理了理頭髮。

店內瀰漫著一股麻油的香氣。景子把外套掛在掛鉤上，忍不住用力嗅聞起來。

「歡迎光臨，直到最後一刻，我都為火候的問題傷透腦筋，但總算完成了。」流從廚房走出來，拿下了白色廚師帽。

「爸爸每天都在炸天婦羅。瞌睡最愛吃油炸食物，所以整天都守在店門口。」小石隔著拉門看向外面，聳了聳肩。

「辛苦你們了。」景子向他們鞠了一躬。

「我馬上來準備，妳等我一下。」流快步走去廚房。

「喝茶嗎？還是……。」

「今天還是喝茶就好，不然會吃不出味道。」景子滿面笑容回答了小石的問題。

「藤川女士，原來妳是有名的歌手，我上次太失禮了。」小石用萬古燒的茶壺為景子倒水時，微微鞠躬道歉。

「年輕人不認識我很正常，妳不必放在心上。」

「雖然我無法把妳的名字和歌曲連想在一起，但是對《北方的孤星》很熟，因為我爸爸在洗澡時經常唱這首歌。」

「謝謝。」景子喝著茶，靜靜地微笑著。

「小石，我差不多完成了。」流在廚房內說，小石慌忙把筷架和免洗筷放在桌上。

「天婦羅現炸現吃最理想。」

「我很期待。」景子微微起身，把椅子向前拉。

「讓妳久等了。」流用紅色圓形漆器托盤，端著青花瓷的丼飯碗，站在景子身旁。

「好香。」景子一臉陶醉地瞇起了眼睛。

「我等一下再送湯上來，請妳先享用天丼。」流拿起蓋子，立刻飄出了熱氣。

景子合起雙手，拿起了筷子。

「請慢用。」流走回廚房，小石也跟著他走了進去。

景子看著眼前這個手掌大的小型丼飯碗，坐直了身體，把炸蝦夾起送進嘴裡。咬了一口中指大小的明蝦，甜味頓時在嘴裡擴散。炸蝦的香氣還沒完全消失，她就急忙把一口淋了醬汁的飯，連同青辣椒一起吃進嘴裡，咀嚼了兩次後，露出了興奮的眼神。

「這個味道、這個香氣，和當時完全一樣。」她喃喃自語著，把碗放在桌子上，慌忙從皮包裡拿出白色手帕。淚水從眼角流了下來，她慢了一拍，把手帕按在臉上。

她喜極而泣，然後把手帕放在腿上，再次拿起了碗。

她用筷子把一整尾星鰻分成兩半，一半放進嘴裡，剩下的一半包著飯一起吃。她的臉頰放鬆，原本哭泣的表情漸漸地露出笑容。她把白肉魚連同小小的尾巴一起吃了下去，又用海苔刮起剩下的飯粒，把碗裡的飯吃得一乾二淨。

「不知道味道對不對？」流拿著銀色托盤，端著黑色漆器的碗走了過來，站在景子身旁。

「對，和當時的天丼完全一樣。」景子抬頭看著流說。

「太好了。」

「因為太好吃了，我等不及想喝湯了。」景子露出了害羞的笑容。

「這就是我的用意。因為白飯只有普通飯碗一碗的分量，所以請妳先喝湯，休息一下後，我再送第二碗上來。」流把空碗放在銀色托盤上，把湯放在景子面前。

「分兩次……，你太用心了……。」

「因為剛炸出來的天婦羅最好吃。」流笑著說完，走回了廚房。

景子打開了密合度很好的湯碗蓋子，感受著熱氣和香氣後喝了一口。

清澈的湯味道很清淡，和剛才的丼飯呈現出明顯的對比。她咬了一口浮在湯碗正中央的丸子，大海的香氣立刻撲鼻而來。她在喝湯時，把鴨兒芹的莖一起吃進嘴裡，大海的香氣變成了原野的香氣。這碗湯的味道太細膩了。她喝了一半，小心翼翼地蓋上了蓋子。

「這是第二碗。」流把丼飯碗放在桌上。

「雖然你減少了飯的分量，但我竟然連吃兩碗，簡直就像回到了年輕的時候。」景子的臉上泛著紅暈。

「要不要為妳做第三碗？」

兩個人相視而笑。

「和剛才的一樣吧？」景子拿下了碗蓋，露出了不可思議的表情。

「請慢用，我馬上送茶上來。」

流走回廚房後，景子和剛才一樣拿起碗，把鼻子湊到碗前聞了一下。香噴噴的味道和剛才一樣，但又好像有點不同。她把炸明蝦放進嘴裡，吃著淋了醬汁的飯，用筷子把星鰻分成兩半……。她慢慢品嘗，細嚼慢嚥，不時拿起湯碗，喝一口湯，吃完丸子後，又繼續吃飯。第一碗和第二碗都同樣好吃，但是總覺得湯的味道好像不一樣了。明明是同一碗。她感到很不可思議，但是在重複兩、三次相同的步驟後，飯碗和湯碗都空了。

「妳吃得這麼乾淨，真是太令人高興了。」流用京燒的茶壺為她倒了焙茶。

「我吃飽了，這些料理不僅讓我充滿懷念，而且真的很好吃。」景子合起雙手說。

「太好了。」流用力點了點頭。

「請問你是怎麼找到的？」景子雙手捧著信樂燒的茶杯問。

「實地考察。我爸爸向來都很重視實地考察，這次我也陪著他一起去了。」小石把透明的檔案夾抱在胸前，從廚房走了出來。

「根本不需要她同行，她硬要跟，礙手礙腳的。」流皺起眉頭，搶走了小石手上的檔案夾。

「如果不是我陪你去，你就會搭到反方向的地鐵，還好意思說呢！」

「淺草那家店的確就叫『天房』，十二年前，那家店停止營業。是不是這家店？」流不理會小石說的話，打開了檔案夾，出示在景子面前。

「沒錯，沒錯，就是這種感覺。」景子探出身體回答。

「我向商店街會長借了這張照片。『天房』的老闆老家在上總一之宮，隔壁的壽司店『總壽司』是他弟弟開的，無論是『天房』中的『房』或是『總壽司』中的『總』，都是取自老家的地名。」流翻著檔案夾。

「我經紀公司的老闆也是千葉館山人，也許他們之間有什麼關係。」

「十二年前，『天房』的老闆生病去世，他的弟弟也一度把店收掉，但是，回到老家，又以『總壽司』的名字開了壽司店。會長幫我確認了地址，於是我就去了千葉。」流在景子對面坐了下來，攤開了地圖。

「那一次也差點搭上相反方向的車子。」小石向景子使了眼色。

「妳不要多話。」流的眉毛皺成八字形，繼續說了下去。

「聽說以前在淺草時，『總壽司』的經典美食就是『上總飯』。」

「『上總飯』？」景子問。

「妳有沒有吃過深川飯？」

「就是有很多海瓜子肉的那種丼飯嗎？」

「沒錯，老闆把海瓜子肉換成蛤蜊肉的丼飯，取名為『上總飯』，成為『總壽司』的經典美食。老闆的老家九十九里濱是蛤蜊的名產地。那家壽司店很紅，就是現在所謂的排隊名店。」

「這和天丼有什麼關係？」景子露出納悶的表情問流。

「『上總飯』做法很簡單，就是把煮過的蛤蜊放在飯上，只是用酒、味醂和醬油把蛤蜊稍微煮一下。『總壽司』會把剩下的煮汁繼續熬煮，用來作為星鰻和蛤蜊握壽司的刷醬。但是，『上總飯』太受歡迎了，煮汁根本用不完。『總壽司』老闆的哥哥覺得丟掉太浪費，於是就加在『天房』的天丼醬汁裡。『總壽司』的老闆告訴了我醬汁的製作方法。」流從檔案夾中找出『上總飯』的照片，用手指著照片說明。

「原來天丼的醬汁裡有蛤蜊的味道。」景子目不轉睛地注視著照片。

「『天房』附的湯也是使用蛤蜊的高湯，我按照老闆告訴我的食譜，用蛤蜊肉和白肉魚做了湯裡的丸子。對了對了，上次妳來用餐時，我煮的湯剛好也使用了酒蒸蛤蜊的湯汁，那一次是用妳老家石卷捕獲的沙丁魚做的魚丸加在湯裡。因為有蛤蜊的味道，可能更激發了妳的懷念。妳的味覺太敏銳了。」

「……」景子內心的時鐘在倒轉。

「至於炸天婦羅的油，七成使用麻油，三成使用沙拉油。麵衣偏厚，至於食材，好像什麼都可以。丼飯的醬汁也不會很難，我寫了粗略的食譜，妳可以做給妳的父母吃。」流把檔案夾放在桌子上，景子拿了起來，看得很仔細。

「我爸爸一直對我說，在推出下一首暢銷歌曲之前不要回來。我媽媽則是說，人生並不是只有唱歌而已，隨時都可以回家，所以我一直很猶豫……。」景子仰頭看著天花板。

「妳的父母都很愛妳。」流也抬起了頭。

「我持續猶豫了三十年，把自己的人生都寄託在一首暢銷歌曲……。我真是太傻了。」景子用手指擦拭著眼角。

「雖然我搞不懂複雜的問題，但我認為數量不是問題。對身為歌手的妳來說，或許覺得只紅了一首歌，但是對歌迷來說，一首歌就夠了。」流對景子露出了溫柔的笑容。

景子無言以對，輕輕咬著嘴唇。

「這個世界上，有很多人因為聽了一首歌突破了困境，獲得了活下去的勇氣，我也是其中之一。」

景子聽了流的話，想起了之前在廚房後方看到的佛壇。

「——不要流淚，等待明天……。因為爸爸經常在洗澡時哼唱，我都學會了。」小石哼著歌笑了起來。

「——因為你在天上凝望我，時時刻刻都在凝望我……」景子接著唱了下去。

「歌手本人唱的果然不一樣。」小石聽得出了神，忍不住鼓掌。

「謝謝，但是，我好像又開始迷惘了。」景子用手帕擦拭眼角，露出了笑容。

「這個世界上的每個人，都會在人生路上陷入迷惘。」

景子在內心玩味著流的這句話。

「話說回來，幸好找到了這一味。爸爸要我試吃時，我還有點懷疑，真的是這樣的味道嗎？因為太獨特了，不太像是天丼。」小石為景子的杯子裡倒了茶。

「關西的天丼很清淡。」景子喝了一口茶說。

「和關東的不一樣，顏色也比較淺。」流補充說。

「謝謝你們。請幫我結帳，連同上次的餐費……。」景子從皮包裡拿出皮夾，對著流說。

「可以請妳將符合妳心意的金額匯入這個帳戶嗎？」小石把便條紙遞給了她。

「我瞭解了，回去後立刻處理。」景子小心翼翼地摺起便條紙，放進了皮夾，緩緩打開了拉門。

「瞌睡，真羨慕你，隨時可以吃到好東西。」景子抱起跑過來的瞌睡。

「爸爸說，不能讓牠變成肥貓，所以也不給牠吃牠最愛的油炸物，超可憐。」小石露出憤恨的眼神看著流。

「牠整天睡覺，根本不運動，不能害牠啊。」流嘟起了嘴。

「吃一點點沒關係啦，就像我剛才吃的小碗丼飯。」景子放下瞌睡，對流說。

「就是嘛！」小石也附和道。

「謝謝你們。」景子鞠了一躬，沿著正面通往西走。

父女兩人一起目送她離去，瞌睡躺在他們腳下。

「對了，剛才的天丼……。」景子停下腳步，轉身說道。

「怎麼了？」流向前一步。

「我覺得吃第二碗時，味道好像有點不一樣……。」

「妳說的沒錯，做第二碗時，我沒有使用蛤蜊醬汁，而是做了另一種醬汁，因為我覺得如果只有懷念，很可能會膩。」

景子在內心細細玩味流說的話。

「人的感覺很不可思議，即使是相同的天婦羅，只要調味稍微有一點變化，就會感到很新鮮。」流直視著景子的雙眼，挺直了身體。

「我會銘記在心。」景子深深鞠了一躬，大步往西走去。

「請多保重。」暮色中，流對著她的背影說，小石向她揮手。

「好冷，好冷，趕快進去。」小石搓著手，縮成一團。

「年輕女人不要這樣站沒站相，要像藤川女士一樣抬頭挺胸。」流瞪了瞌睡一眼，走進店內。

「她今天和上次來的時候，簡直判若兩人。」小石反手關上了拉門。

「她可能有一種來見舊情人的感覺吧。」流走進廚房。

「媽媽，爸爸剛才說，如果只有懷念會膩欸。」小石跟在流的身後走了進來，對著佛壇說。

「我又不是在說擲子。」流上完香，合起雙手。

「今天晚上要吃天丼嗎？」小石坐在流的身後問。

「光吃天丼，沒辦法喝酒，還有牡蠣、大眼牛尾魚和扇貝，要不要邊炸邊吃？」

「太棒了，但是卡式瓦斯爐的瓦斯罐用完了。」小石抬眼看著流。

「那我去買。」流穿上羽絨衣，走出食堂。

比叡降風從東面吹來，流忍不住抖了兩、三下，雙手插進了口袋。

從窗戶透出來的燈光照在昏暗的路上，街上不時傳來家人圍在餐桌前的歡聲笑語。

流吐著白氣，抬頭看著夜空。

——孤星高掛寒空中，星光流轉凝望著我。星光閃閃，對我說著明天見——

喵。他剛唱完，瞌睡就在遠處叫了一聲。

國家圖書館出版品預行編目（CIP）資料

鴨川食堂②重現記憶的味道／
柏井壽著；王蘊潔譯 . –
初版 . – 新北市：晴好出版事業有限公司出版：
遠足文化事業股份有限公司發行，
2025.07- 冊；12.8×19 公分
ISBN 978-626-7733-10-3
（第 2 冊：平裝）
861.57 114005853

鴨川食堂②
重現記憶的味道

作　　者　柏井壽
譯　　者　王蘊潔
封面繪圖　川貝母
企劃編輯　黃文慧
責任編輯　鄭雅芳
特約編輯　J.J.CHIEN（男子製本所）
裝幀設計　J.J.CHIEN（男子製本所）
校　　對　呂佳真

出　　版　晴好出版事業有限公司
總 編 輯　黃文慧
副總編輯　鍾宜君
主　　編　鄭雅芳
編　　輯　胡雯琳
行銷企劃　吳孟蓉
地　　址　231-023新北市新店區民權路108-4號5樓
網　　址　www.facebook.com/QinghaoBook
電子信箱　Qinghaobook@gmail.com
電　　話　（02）2516-6892
傳　　真　（02）2516-6891
發　　行　遠足文化事業股份有限公司（讀書共和國出版集團）
地　　址　231-023新北市新店區民權路108-2號9樓
電　　話　（02）2218-1417
傳　　真　（02）2218-1142
電子信箱　service@bookrep.com.tw
郵政帳號　19504465（戶名：遠足文化事業股份有限公司）
客服電話　0800-221-029
團體訂購　（02）2218-1717#1124
網　　址　www.bookrep.com.tw
法律顧問　華洋法律事務所蘇文生律師
印　　製　呈靖印刷
初版一刷　2025年7月
定　　價　380元
I S B N　978-626-7733-10-3
EISBN(PDF)　978-626-7733-04-2
ISBN(EPUB)　978-626-7733-03-5